CLAUDIO MAGRIS

GEKRÜMMTE ZEIT IN KREMS

Erzählungen

Aus dem Italienischen
von Anna Leube

Hanser

Die italienische Originalausgabe erschien 2019 unter dem Titel
Tempo curvo a Krems bei Garzanti in Mailand.

Dieses Buch wurde übersetzt dank einer Übersetzungsförderung
des italienischen Ministeriums für auswärtige Angelegenheiten und
internationale Kooperation.

Questo libro è stato tradotto grazie ad un contributo alla traduzione
assegnato dal Ministero degli Affari Esteri e della Cooperazione
Internazionale italiano.

1. Auflage 2022

ISBN 978-3-446-27277-4

Umschlag: Peter-Andreas Hassiepen, München
Motiv: © Sami Takarautio/ Unsplash
Satz im Verlag
Druck und Bindung: CPI books GmbH, Leck
Printed in Germany

FSC
www.fsc.org
MIX
Papier aus verantwortungsvollen Quellen
FSC® C083411

GEKRÜMMTE ZEIT IN KREMS

DER PORTIER

Er stieg aus dem Bus und hielt sich dabei am Haltegriff fest, bis sein Fuß vorsichtig den Asphalt berührte. Einen Augenblick lang ließ er die Hand auf dem glänzenden Metall ruhen und zog sie gerade rechtzeitig zurück, bevor sich die Tür wieder schloss. Es war eine angenehme Berührung, der Griff kalt und noch nicht von vielen feuchten, verschwitzten Händen erwärmt. Aus diesem Grund, um noch ein paar Sekunden länger das kühle Metall zu spüren, war er langsam ausgestiegen, nicht weil es ihm schwergefallen wäre. Argwöhnisch sah er sich um. Immer diese fixe Idee, dass ihm der Sohn oder die Schwiegertochter gefolgt sein könnte. Überdies waren sie um diese Zeit beschäftigt. Und vielleicht wussten sie es ja auch schon. Jedenfalls war er froh, kein bekanntes Gesicht zu sehen. Die Straße führte direkt zum Meer. Der Horizont schimmerte blaugrün; er kniff die Augen zusammen, wie Mitzi Matzi, wenn sie sich auf seinem Schoß zusammenrollte, im Sessel des Arbeitszimmers, und den Kopf zur Tischlampe hob.

Er mochte die Querstraßen nicht, die in das große Licht des Meeres mündeten; innerhalb der Geometrie der Stadt waren ihm die Straßen lieber, die parallel zum Ufer verliefen, geschützt von hohen Häusern, zwischen denen es mehr Schatten gab und wo es früher Abend wurde. Die ganze Stadt, so kam es ihm vor, seit er sie zum ersten Mal hoch oben vom Kamm des Karsts aus gesehen hatte, war zu sehr über die weite Wasserfläche vorgeschoben. Das mussten auch die Triestiner begriffen haben, hatten sie doch dieses Gitter aus rechtwinkligen Straßen angelegt, ein Netz, das vor dem Golf und seiner Weite schützte; viele von ihnen waren im Übrigen aus dem Inneren des Kontinents gekommen, so wie er aus Mähren, wenn auch lange vor ihm.

Als er vor dem Meer stand, verzog sich sein Mund zu einem verlegenen Lächeln, bei dem sich die Oberlippe kaum merklich hob und man ein bisschen zu sehr die Zähne sah, wie bei Roll, der Bulldogge, die er viele Jahre lang gehabt hatte und der er, wie seine Enkel behaupteten, am Schluss ähnlich sah. Das Meer am Ende dieser Straßen kam ihm von Mal zu Mal größer vor; manchmal schien ihm, er sehe es ansteigen, die Gehwege überschwemmen, anschwellen und höre es rumoren, ein Tosen, das aus der Ferne kam, aus einem Dunkel, zerfurcht von riesigen weißen Wellen.

Manchmal, noch vor dem Ausgehen, plante er in Gedanken spielerisch seinen Ausflug so, dass er den Anblick dieses grenzenlosen Blaus so lange wie möglich hinauszögerte; er stellte sich einen Angriff auf dem Schachbrett vor: im richtigen Moment ausweichen, einen Rösselsprung machen. Die Angriffspläne, das wusste er gut, seit er zum ersten Mal eine Firma geleitet hatte, waren fast immer Rückzugsstrategien, waghalsige Operationen, um sich ein größeres Spektrum an Verteidigungsmöglichkeiten zu sichern. Im Übrigen war das Alter insgesamt ein Voranschreiten, um sich dann zurückzuziehen: Man wagte sich auf unbekanntes Terrain, um der Wirklichkeit zu entkommen, die einen von allen Seiten her bedrängte, schonungslos und aufdringlich. Auch die Gewinne seiner Firmen, im Lauf der Jahre immer gewaltiger, waren ein Damm gegen die Schwierigkeit der Dinge gewesen, angefangen bei dem Geld, das er verdient hatte, als er von Hannsdorf – ja, einverstanden, von Hanušovice, auch Hanušovice – nach Triest gekommen war, mit allen möglichen Verkehrsmitteln, manchmal auch zu Fuß, und hier und da für Kost und Logis gearbeitet hatte. Dann, in Triest, hatte er ziemlich schnell Erfolg gehabt, eine gute Nase für die Börse und ein instinktsicheres Gleichgewicht zwischen Wagemut und Vorsicht, den Vorsitz über zwei, drei Gesellschaften und natürlich die Ehe samt dazugehörenden Kindern und Enkeln. Die Welt bewegte sich weiterhin wie ein Fluss großzügig auf ihn zu, doch allmählich hatte er das Bedürfnis verspürt, sie einzudämmen, wenn möglich diesen Fluss umzuleiten und eine Barrikade gegen das vorwärts drängende Leben zu errichten. Das eine oder andere seiner Unternehmen zu verkaufen, deren Umfang beträchtlich war, die aber gerade noch zu managen waren, bedeutete die Leinen loszulassen und das Boot zu Wasser zu lassen, doch ohne selbst mitzufahren. Das kleine Gebäude der Speditionsfirma, die bis vor wenigen Monaten ihm gehört hatte, stellte ebenfalls eine beruhigende Barrikade dar.

»Mir können Sie Befehle erteilen, aber nicht den Angestellten und auch nicht den Putzfrauen«, hatte Doktor Dürrer zu ihm gesagt, während er ihn streng hinter den funkelnden Brillengläsern angesehen hatte, mit kleinen, boshaften Augen. Seit die Firma in den Besitz der Schweizer Gesellschaft übergegangen war, ließ es sich Doktor Dürrer, der neue Geschäftsführer, angelegen sein, ihn, da er ihn noch oft im Büro auftauchen sah, daran zu erinnern, dass er nur noch Ehrenpräsident war und als solcher über den Sessel und die Zeitungen verfügen konnte, aber nicht mehr über das Personal. »Sagen Sie es ruhig mir, ich werde Ihnen gern behilflich sein, aber bitte verlangen Sie nichts von unseren Angestellten. Ich stehe Ihnen gern zu Diensten …« Und Doktor Dürrer lächelte komplizenhaft, stolz darauf, mit dieser Bemerkung eine mögliche lästige Einmischung verhindert zu haben.

Die Sonne stand schon ziemlich hoch, die Straßen belebten sich allmählich. Ins Gurren der Tauben mischte sich das Kreischen einer Möwe, er hob den Kopf, und sein Blick begegnete für einen Moment den bösen Augen des Vogels. Es gab immer mehr Möwen in der Stadt, sie flogen von den Klippen am Ufer hoch und machten sich auf zu den Häusern, den Straßen, den Gärten auf der Suche nach Essensresten. So ein Idiot, dieser Dürrer. Als ob er noch immer ins Büro ginge, weil er gern Befehle gab. Dabei war er nur aus

Gewohnheit weiterhin hingegangen, weil er es so viele Jahre lang getan hatte, so wie er sein Abonnement für das Teatro Verdi erneuert hatte, ohne dass ihm deshalb die Opern, die ihm alle mehr oder weniger identisch vorkamen, weniger gleichgültig gewesen wären. Er hatte auch nie daran geglaubt, dass es etwas nütze, sich die Zähne zu putzen, schließlich verdienten die Zahnärzte nach wie vor jede Menge Geld trotz des großen Verbrauchs von Zahnpasta, und dennoch hatte er sie sich immer geputzt.

Über bestimmte Dinge diskutierte man einfach nicht; wenn man aufhörte, sich die Zähne zu putzen oder das Theater zu besuchen, konnte die ganze Gesellschaft den Bach runtergehen. Und er fühlte sich wohl in dieser Gesellschaft. Er liebte sie nicht, das dann doch nicht, aber er respektierte sie, organisiert, wie sie war, mit ihren Zinsscheinen, ihren Wertpapieren, Dividenden, Ehen, Theatern und Zahnbürsten. Alles war von Nutzen, alles diente dazu, die Dinge fernzuhalten. Das Meer war zum Beispiel gleich hinter der Börse, auf der anderen Seite, groß und mit weißen Wellen, doch unter den Säulen und dem klassizistischen Giebel der Börse sah und hörte man es nicht, und alles war in Ordnung. Es war gut, wenn man die Dinge wiederholte. Deshalb hatte Chiara, seine Schwiegertochter, Unrecht, die den Tick hatte, andauernd Vorhänge oder Lampen auszutauschen; so fing es an, doch man wusste nicht, wo es enden würde.

Mir können Sie Befehle erteilen. Ein Idiot, dieser Schweizer. Von dem Tag an hatte er keinen Fuß mehr in sein altes Büro gesetzt und ihm auch nichts gesagt, der andere hätte ohnehin nichts kapiert. Wenn es etwas gab, das er schon immer gehasst hatte, dann war es Befehle zu erteilen. Er war so froh, wenn er auf der Reise von Hannsdorf nach Triest, ohne eine Grenze passieren zu müssen, denn damals gab es noch das Habsburgerreich und es war unvorstellbar, dass es das eines Tages nicht mehr geben könnte, wenn er also abends bei einem mährischen Bauernhof haltmachte und fragte, ob es etwas zu tun gebe, und man ihm sagte, er solle ein bisschen Holz hacken oder das trockene Laub aufsammeln. Man gab ihm eine Säge oder ein Beil, und er zog die Jacke aus und machte sich an die Arbeit. Die Holzscheite fielen mit einem schönen dumpfen Geräusch zu Boden, die Späne flogen in alle Richtungen, es roch gut, und obwohl es Winter war und er in Hemdsärmeln, fror er nicht. Dann gab man ihm ein paar Münzen, und er zog weiter, die Welt war groß und schön.

Wenn er die Nacht in einem Heuschober verbrachte, schlief er sofort ein. Er hatte immer gern geschlafen, das Leben war so anständig, dass es ein Drittel der Zeit verschwand; eine Stunde glückseliges Nichts für zwei Stunden voll Mühsal und Missverständnissen, das war kein schlechter Handel. Morgens stand er sehr früh auf, solange er unterwegs war; eine Weile verlängerte das Dunkel dieses glückliche Nichtstun. Er ging ins Freie, auf dem Gras lag Reif; noch auf der Schwelle schlürfte er ein frisches Ei, legte sich dann den Sack auf den Rücken und zog weiter. Die Lieder der mährischen Scherenschleifer und Schuster fielen ihm wieder ein. Deutsche Lieder; die Deutschen verstanden es zu gehorchen und zu singen, es war ein und dasselbe, es hieß Ja sagen.

Später war es schwierig geworden nicht zu befehlen, als er die Eisenwarenfirma, das Bauunternehmen oder den Speditionsbetrieb erworben und dann vergrößert hatte, als er Filialen eröffnet und Bürovorsteher und Direktoren ernannt und immer mehr Geld in immer größere Unternehmungen gesteckt hatte. Aber auch da hatte er es mit ein paar klugen Schachzügen geschafft. Am Anfang hatte er sich einfach ein wenig umgehört, welche Papiere man kaufen oder verkaufen, welche Spekulation man riskieren sollte. Er hörte auf die Ideen von anderen, von Menschen, die schon länger in dieser Welt verkehrten, wandelte sie um, bis die anderen glaubten, er sei selbst auf diese Ideen gekommen, habe die Prognosen weiter ausgearbeitet, die bestimmte Entwicklungen auf dem Markt vorwegnahmen, zur Zufriedenheit der Wenigen, die das schon geahnt hatten. Das Gleiche, nur in größerem Maßstab, war dann mit den Managern und Beratern seiner Unternehmen passiert. Es hatte nur einer gewissen Geschicklichkeit und vor allem eines resoluten, entschiedenen Tons bedurft, damit sie nicht merkten, dass es sehr häufig sie selbst waren, die ihm die Entscheidungen und Maßnahmen nahegelegt hatten, die er am Ende streng und gebieterisch durchsetzte. Und sie hatten nichts gemerkt, hatten alle voll Respekt und Rücksicht – ja fast ängstlich, nach den angespannten Mienen zu schließen – darauf gewartet, dass er die Entscheidungen traf, ohne weiteren Einspruch zuzulassen. Befehle erteilen, auch in strengem Ton, war vielleicht die einzige Möglichkeit, die wilde Meute auf Abstand zu halten, die einem von überallher auf den Fersen ist – deutlich sichtbare oder verhüllte Attacken, Forderungen jeglicher, auch wohlwollender Art; eine Masse, die fordert, einbestellt, schreibt, telefoniert, anbietet und so tut als ob. Bitten um Hilfe, Lob und Protest, die Verpflichtung, zu einem Abendessen oder einer Ausstellung zu gehen, Vorschläge und Projekte, Geburtstage, Jahrestage, Beerdigungen, Hochzeiten, Feste, denen man nicht fernbleiben kann, gemeinnützige Initiativen, die man unterstützen muss … und das alles, um einen daran zu hindern, ein bisschen auf den Straßen spazieren zu gehen, sich auf eine Bank zu setzen. Befehle erteilen war eine Art, das Seil zu kappen und sich davonzumachen, die Truppen zu verabschieden und seine Ruhe zu haben. Auch so war das Befehlen an sich nichts Erfreuliches, doch es war nicht übel, wenn man diese Kunst der Selbstverteidigung möglichst bald gelernt hatte.

Wenn eine Regel gültig war, galt sie immer. Das Leben kannte keine Ausnahmen, seine Gesetze waren für alle gleich, wie das der Schwerkraft. Auch mit der Ehe war es so gewesen. Zu Hause hatte immer Anna über alles entschieden und ihm war es recht gewesen. Anna war schön, mit ihren schwarzen Augen und den im Sommer gebräunten Schultern, und wenn sie sich ihm zuwandte und ihm den Mund zum Kuss bot, gab es nichts zu diskutieren. Er hatte immer ja gesagt, bei Tisch wie im Bett; auch gewisse Spiele hatte sie erfunden und durchgesetzt, doch sie hatte es gar nicht gemerkt, hingebungsvoll, wie sie war, und hatte ihn unaufhörlich tyrannisiert und despotisch und ahnungslos Umzüge, Sommerfrische, Mahlzeiten, die Schule der Kinder festgelegt, stets in der Überzeugung seinen Willen auszuführen. Schon seit Langem war Anna nicht mehr am Leben, und seit damals war alles trübe geworden; er erinnerte sich genau an die Liebe, auch an kleine Details, doch wie an etwas Unpersönliches, was auch einem anderen hätte widerfahren können. Doch wie beglückend war es gewesen, am Abend nach Hause zu kommen, nach einer Aktionärsversammlung oder einer Aufsichtsratssitzung, manchmal von einem Ort in der Nähe und manchmal aus einer fernen Großstadt, und endlich das zu tun, was ihm aufgetragen wurde, nachdem er den ganzen Tag über gekämpft und auch gebrüllt hatte, um die anderen zu dem zu zwingen, was sie zu entscheiden und zu tun hatten, sie zu überzeugen, dass es nicht nur eine gute, ja die einzig mögliche Wahl war, sondern auch, dass sie bereits einverstanden waren. Manchmal, wenn es wirklich notwendig war, schlug er mit der Faust auf den Tisch, doch das kam selten vor. Er wunderte sich selbst über die zunehmende Verlegenheit, die er empfand, wenn er in barschem Ton Anweisungen gab, und wunderte sich noch mehr, dass die anderen, wenn sie ihm zuhörten, das nicht merkten.

Zu Hause hingegen … es hing nicht von ihm ab, ob er sich umzog oder nicht, sich zu Tisch setzte, damit einverstanden war, dass in der nächsten Woche die Benazzi und die Segelmeier zum Abendessen eingeladen wurden. Er hatte auch gelernt, passiv und ohne zu reagieren die manchmal aggressiven und unmotivierten Ausbrüche Annas hinzunehmen, plötzliche Attacken, die aus unvorhersehbaren Stimmungsschwankungen, unerklärlichen Ressentiments entstanden. Er liebte sie nicht, diese Anwandlungen. Schlechte Laune und Gereiztheit waren unwichtige geistige Verfassungen, ein Sodbrennen der Seele, das man aus Gründen des Benimms unterdrücken musste. Und diese Manie, sich unverstanden zu fühlen. Man merkte ihr an, wie wohl es ihr tat, einen echten oder auch nur eingebildeten Tort zu erleiden … Doch er nahm sich das nicht zu Herzen, er legte eine weiche, undurchdringliche Decke zwischen sich und diese Zornesausbrüche.

Anna – ja, er konnte sagen, dass er sie geliebt hatte, auch wenn ihm nicht ganz klar war, was das bedeutete. Wenn er an sie dachte, hätte er nicht zu erklären gewusst, ob sich ihm das Herz zuschnürte oder ob es ihm aufging – in der Erinnerung begehrte er sie manchmal, ihre Füße, die er so gern geküsst hatte, die Haare, die ihr von den Schultern fielen und vor seinen Augen wogten, wenn sie auf ihm lag, was sie besonders liebte. Und doch hätte er nicht sagen können, dass sie ihm fehlte. Ein anderer, selbst der Mensch, den man am meisten liebt, ist einem häufig zu viel und verkompliziert die Dinge.

Doch das Haus, die Terrasse, auf die er zum Rauchen ging, das war ihr, das war Annas Werk, und es war so wohltuend, nach all der Seefahrt die Lotusblüte zu essen, ausgestreckt am Strand; das Murmeln eines Meeres, das stiller wurde, verebbte, in den Schlaf glitt. Ein kurzer Schlaf, der Schlaf des Kriegers, der bald danach in seinem Büro wieder das Regiment führen würde, Schwierigkeiten aus dem Weg räumen oder wie einen Handschuh umstülpen würde, und nach ein paar Wendungen und Biegungen führte das fast immer zum Erfolg.

Nein, diese zwar höflichen, doch manchmal schroffen und häufig läppischen Auseinandersetzungen innerhalb des Aufsichtsrats waren nicht angenehm gewesen. Wenn er jetzt hingegen in seinem Kabuff saß, fand er die Ruhe wieder, wie er sie bei den Mittagessen zu Hause erlebt hatte, in diesen kurzen Pausen, die den ganzen Tag erwärmt hatten. Aus der kleinen Öffnung grüßte er die Bewohner, die an der Portiersloge vorbeikamen; er nahm die Zeitung, und sein Blick überflog die Zeilen, als wären es von einem leichten Windstoß bewegte Wellen; die Nachrichten waren ihm letztlich gleichgültig, sie verschwanden, wurden zwischen der einen und der nächsten Welle verschlungen. Er legte die Zeitung beiseite, schloss halb die Augen, besonders, wenn die Sonne gleißend durch das Fenster schien, das er nicht mit einem Vorhang hatte abdecken wollen. Die Dinge liefen einander hinterher, wechselten die Farbe, verwirrten sich, kehrten unter seinen Lidern wieder, wohlbekannte Gesichter, die plötzlich andere waren, und er hätte nicht sagen können, was für welche. Er versuchte sie aufzuhalten, doch sie waren schon verschwunden, wie die trägen, unerbittlichen Stunden. Und er spürte immer häufiger auf seinen Lippen jenes Lächeln, bei dem die Zähne entblößt werden, es war fast schon ein Tic.

Er bog um die Ecke der alten Straße aus theresianischer Zeit, es war nicht mehr weit. Ein Hund hob das Bein gegen die Mauer, das Rinnsal tropfte hinunter und versickerte zwischen den Steinen, er mochte die gelbe Farbe. Nach Annas Tod hatte er sich mit explizierteren Geboten und Verboten beschäftigen müssen. So wollte zum Beispiel Chiara nicht, dass Mitzi Matzi sich auf den Sesseln niederließ, denn sie zerkratzte das Polster und hinterließ überall Haare; diese Vorschrift zu umgehen hatte eine komplexe, in langer Zeit vorsichtig ausgetüftelte Taktik erfordert, die am Schluss von Erfolg gekrönt war und freilich ständig überwacht werden musste. Man liebte ihn in der Familie, und er liebte wiederum die Familie. Chiaras Kuss auf die Wange erinnerte ihn an manche Morgen in den mährischen Wäldern, wenn die helle Sonne gerade erst aufgegangen war und der leichte Wind sein Gesicht streifte. Marco, sein Sohn, verweilte gern noch ein wenig, um sich mit ihm zu unterhalten; auch Paola, die in Zürich lebende Tochter, rief ihn an und schrieb ihm oft; die beiden Enkel befragten ihn zu vielen Dingen.

Er war zufrieden, auch wenn er lieber zugehört als gesprochen hätte; fragte man ihn nach dem Mähren von vor dem Ersten Weltkrieg, meinte er, viele Dinge zu sagen zu haben, doch dann erstarben sie ihm auf den Lippen und er tat, als hätte er den Faden verloren, in seinem Alter war das sein gutes Recht, und so ließen sie ihn in Frieden. Er liebte seine Enkel, doch war Hannsdorf, mit der nach Holz und Harz duftenden Sägerei und dem *burčák*, dem neuen, frisch gekelterten Wein, um so vieles näher. Immerhin war das Haus groß; man konnte allein sein und die anderen, Sohn, Schwiegertochter, Enkel, allein lassen, ohne ihnen zur Last zu fallen.

Auch sie ließen ihn in Frieden, sie engten ihn nicht mit jenen rücksichtsvollen Einschränkungen ein, die fast aus jedem alten Menschen einen Gefangenen machten. Keiner hatte ihn je gefragt, warum er seit einiger Zeit so früh das Haus verließ und so lange wegblieb. Vielleicht dachten sie, dass viele alte Leute ja Frühaufsteher seien. Nicht einmal, wenn er nicht zum Mittagessen nach Hause kam – obwohl er es hätte einrichten können, die Mittagspause dauerte zwei Stunden, die Gewerkschaften hatten Fortschritte gemacht – und am Telefon etwas von einer Verpflichtung oder einer Einladung stammelte, nicht einmal dann fiel ihnen etwas auf. Vielleicht wussten sie ja auch alles, es war möglich, ja sogar wahrscheinlich, und taten nur, als hätten sie keine Ahnung. Besser so. Er hätte sonst die Sache klären müssen, wenn sie es gemerkt hätten, und sich entsprechend verhalten. Er überlegte, wie er, ohne sich zu verraten, feststellen konnte, ob sie auf dem Laufenden waren und was genau sie wussten. Wäre er sicher gewesen, dass sie alles herausgefunden und beschlossen hatten, die Dinge laufen zu lassen, wäre er auch über Nacht weggeblieben, nur nicht am Samstag und am Sonntag, um nicht zu übertreiben. Die Portiersloge war klein, aber für ihn völlig ausreichend. Es musste schön sein, dort aufzuwachen, allein, während die Bewohner noch in ihren Appartements schliefen und die Haustür noch geschlossen war, und von der Straße her die ersten morgendlichen Geräusche zu hören, die zu Hause nicht zu ihm in sein Zimmer im vierten Stock hinaufdrangen, das auf einen fast immer leeren Innenhof ging. Sobald er hingegen die Portiersloge verließ und aus dem Haus trat, erklang das undeutliche Rauschen von der Straße her, hörte man die Begrüßungen, wenn die Leute in der Bar ihren Espresso tranken – Guten Morgen, du meine Güte, wie heiß es jetzt schon ist, Piero, einen Spritz. Natürlich bewegte sich alles, nicht nur die Autos, die sofort verschwanden, oder die Wolken – er liebte sie besonders am Abend, rote Fahnen, zerfetzt vom Wind –, doch was zählte, war, dass es ihm in der Portiersloge oder im Café so vorkam, als bleibe er an Ort und Stelle. Solange es die anderen waren, die sich bewegten, die irgendwohin reisten, in die Welt oder ins Universum, die Dinge, der Kondensstreifen eines Flugzeugs, der hoch am Himmel zerfaserte, solange war alles in Ordnung.

Er ging schneller, denn er war schon fast zu spät dran, und die Hausbewohner würden zu Recht protestieren, wenn Portiersloge und Haustür nicht zur üblichen Zeit geöffnet würden. Aber nun war er da, und zwar rechtzeitig. Das fünfstöckige Gebäude, unansehnlich und langweilig, musste aus den Vierzigerjahren stammen. Als er es gekauft hatte, hatte er sich schon nicht mehr persönlich um seine Immobiliengesellschaft gekümmert. Der Verwalter des großen Hauses hieß Repetti. Vergebens versuchte er, sich an sein Gesicht zu erinnern, er wusste nicht mehr, ob er ihm je begegnet war, wahrscheinlich nicht.

Er machte die Haustür auf, steckte den Schlüssel wieder in die Tasche, zog einen zweiten heraus und öffnete die Portiersloge. »Guten Tag, *ingegnere*«, sagte er zu dem Mann, der gerade das Haus verließ und seinen Gruß zerstreut erwiderte. Bald würde Signora Weber mit ihren beiden Hunden herunterkommen; er musste aufpassen, dass sie sie nicht auf der Treppe herumlaufen und ihr Geschäft auf dem Treppenabsatz verrichten ließ, sonst würden die anderen ihren Ärger wieder an ihm auslassen. Sie war wirklich unverschämt und ließ sich kaum dazu herab, einem Portier Rede und Antwort zu stehen. Dann musste er dem Anwalt im dritten Stock das Paket bringen, das der Kurier am Abend zuvor, als die Kanzlei schon geschlossen war, ihm, der auch den Empfang quittiert hatte, übergeben hatte.

Es gehörte zwar nicht zu seinen Aufgaben, doch weil er gesehen hatte, dass das Schildchen auf dem Briefkasten der Nigris auf der einen Seite herunterhing, holte er einen Schraubenzieher und schraubte es geduldig so lange fest, bis es wieder am richtigen Platz war. Es kam ein fliegender Händler, ein Senegalese, der Brillen und Feuerzeuge verkaufte; er kaufte ihm eine Sonnenbrille ab, erkundigte sich, ob er Familie habe, und stellte ihm ein paar Fragen nach dem Senegal, erlaubte ihm aber nicht, die Treppe hinaufzusteigen, denn das verstieß gegen die Vorschriften.

Die Fahrstuhltür war ganz zerkratzt, wirklich eine Schande. Er wusste nicht recht, ob er dazu befugt war, beschloss aber trotzdem, an die Hausverwaltung zu schreiben und anzuregen, die Tür neu lackieren zu lassen, und bei der Gelegenheit darauf hinzuweisen, dass die Mieter im zweiten Stock sich schon wieder über den Krach beschwert hatten, der nachts in der Wohnung über ihnen zu hören gewesen war, wieder einmal eins von diesen Festen mit voll aufgedrehter Musik.

Er nahm ein Stück Briefpapier und fing an. Repetti wäre derjenige, der den Brief lesen würde. Wer weiß, wie lange er nichts merken würde – oder so tun würde, als würde er nichts merken –, wie lange er seinen Namen nicht mit dem des abwesenden Besitzers der Immobilienfirma, also auch des Gebäudes, in Verbindung bringen würde. Den Namen Giuseppe Della Quercia, ehemals Joseph Eichholzer, Sohn von Karl, der einst in Hannsdorf die Pferde beschlagen hatte, Enkel von wem auch immer, Ex-Präsident von allem möglichen, von was, wusste er selbst nicht recht. Die einzige Firma, die noch in seinem Besitz war; die anderen hatte er aufgelöst.

Vielleicht wusste auch Repetti alles, genau wie sein Sohn und seine Schwiegertochter, halb so schlimm. Vielleicht hatte man ihn ja nur deshalb eingestellt, weil man sofort begriffen hatte, dass es sich um ihn handelte, als er, nachdem er zufällig erfahren hatte, dass es in dem Haus eine freie Portiersstelle gab und man keinen Bewerber gefunden hatte, sich schriftlich beworben und dann im zuständigen Sekretariat der Verwaltung vorgestellt hatte, worauf er nach einem kurzen Gespräch eingestellt worden war. Er war ja noch nicht zu alt, war im Vollbesitz seiner geistigen Kräfte und im Großen und Ganzen gesund; es fand sich kaum mehr jemand, schon gar nicht ein junger Mensch, der als Portier arbeiten wollte, es war also nicht merkwürdig, dass man einen schon älteren Mann nahm. Und auch wenn man ihn eingestellt hatte, weil man erkannt hatte, dass er es war – nicht ganz einfach in Anbetracht der Entfernungen zwischen den Büros, die sich um die kleinen Alltagsdinge kümmerten, und dem Saal des Aufsichtsrats –, umso besser. Im Übrigen hatte er beschlossen, seine Autorität irgendwie geltend zu machen, falls man ihn nicht genommen hätte; er hätte sie gezwungen, ihm diesen Posten mit seinen Aufgaben und Pflichten zuzuweisen.

Er beendete das Schreiben und warf es in den Briefkasten direkt gegenüber dem Haus, auf der anderen Straßenseite. Wer weiß, wer persönlich darüber zu entscheiden hätte, ob und wann die Aufzugtür renoviert werden sollte; es ging um eine bescheidene Summe, die nicht höheren Orts genehmigt werden musste. Dennoch wäre es wieder einmal nicht er, der die Entscheidung zu treffen hätte, auch wenn letzten Endes er für die Kosten aufkommen müsste. Doch damit hatte er wenig zu schaffen, immer weniger. Jeden Tag entfernte er sich mehr von diesem Individuum, von diesem abstrakten Selbst, das ihm manchmal bloß wie ein Namensvetter vorkam, und hin und wieder unterschrieb er mechanisch in seinem Arbeitszimmer immer noch Papiere, nur die einigermaßen wichtigen, die man ihm vorlegte; er zog dieses Individuum ganz langsam aus, wie man einen festlichen Anzug auszieht und in den Schrank hängt. War es das, das Altern? Eigentlich kam es ihm so vor, als wäre es der andere, der alterte, der immer mehr Jahre und Dinge auf seine Schultern nahm, wie ein immer mehr überfrachteter Kleiderständer, während er mit der Zeit immer leichter, immer agiler wurde.

Alles wurde einfacher und müheloser, seit er nicht mehr Befehle erteilen musste. Das hatte er lange Zeit tun müssen; viele anstrengende, endlose Jahre lang, vielleicht schon seit dem ersten Augenblick, als er in die Stadt gekommen war, nachdem er Mähren und die mährischen Wälder für immer hinter sich gelassen hatte. Dann hatte er es auf einmal nicht mehr tun müssen, und die Welt war ein bunter Luftballon geworden, der kein Gewicht hatte und den man jeden Moment fliegen lassen konnte. Das war erst seit Kurzem so, seit ein paar Monaten, vielleicht seit einem Jahr oder mehr; man konnte nicht genau sagen, seit wann, aber das spielte keine Rolle. Er berechnete nicht mehr die Zeit, manchmal verwechselte er die Monate mit den Wochen, so wie er manchmal am Morgen, nach einer zum Teil schlaflosen Nacht, nicht wusste, ob er wenige Minuten oder mehrere Stunden geschlafen hatte.

Wann es genau passiert war, hätte er nicht sagen können, doch er wusste, dass das Bedürfnis zu kommandieren, zu siegen vorbei war. In Hannsdorf, wenn sich manchmal abends der Himmel entfernte, die Schatten im stillen Gras verschwanden und die Welt mit einem Mal ungeheuer groß und eisig war, konnte man weinen, das Gesicht an der Schulter der Mutter versteckt. In der Stadt, zwischen den ehrwürdigen Gebäuden und den Schiffen, die im Hafen einliefen, konnte man nicht weinen, um den Kloß in der Kehle, die Furcht des Kindes loszuwerden, das verloren war in der Feindseligkeit der Dinge und der Menschen, die gleichermaßen bereit waren zu verletzen. Es blieb einem nur, gebieterisch die Stimme zu erheben, lauter und barscher zu sprechen als die anderen, den Autoscooter auf dem Rummelplatz zu besteigen, der einem zunächst Angst gemacht hatte, sich ans Steuer zu setzen und diejenigen, die einem hinterherfuhren, mit einem kräftigen Stoß aus dem Weg zu schieben. Diese Verwirrung, tief im Herzen, gab es noch immer, doch war das Scheckbuch ein guter Panzer, und auch der Smoking, das Abzeichen im Knopfloch und die Ernennung zum Cavaliere waren eine beruhigende, wenngleich schwere Rüstung.

Dann, eines Morgens nach dem Aufstehen, war diese verschwiegene Angst nicht mehr da, aufgeflogen wie ein Vogel aus einem dichten, dunklen Gebüsch. Vielleicht hatte er sich auf die Schulter des anderen gesetzt, desjenigen, der immer noch wichtige Entscheidungen unterschrieb, auch wenn er immer weniger begriff. Plötzlich hatte er festgestellt, dass er frei war, nur noch neugierig und nicht mehr von den Dingen bedrängt; er holte die im Lauf vieler Jahre angesammelten Steine aus seinen Taschen und lief auf den

Wiesen umher, wie in Hannsdorf, ohne sich vor irgendetwas zu fürchten, ohne noch irgendetwas zu brauchen. Nun war die Welt ein Hund, der ihn nicht mehr beißen konnte, sondern mit ihm herumtobte und spielte.

Er betrat wieder das Gebäude. Es würde schwül werden, doch im Treppenhaus war es schön kühl. Hineinzutreten war wie unter einem Wasserfall hindurchgehen; die Stille auf der Treppe dämpfte die Geräusche der Welt dort draußen, bis es nach einer Weile schien, als hörte man fast nichts mehr. Auch die Stimmen seines Sohnes, seiner Schwiegertochter, ja sogar die seiner Enkel entfernten sich, verstummten.

Ein großer Ficus beschattete die Treppe, ein dunkler Wald, leuchtend im Schatten. Eine Katze schmiegte sich an seine Füße, wer weiß, wie sie hereingekommen war, und er schob sie vorsichtig hinaus, denn die Hausordnung duldete keine herrenlosen Tiere. Eine Geranie glühte am Fenster, in Brand gesetzt von der Sonne, die in den Innenhof schien. Auch die Schildchen auf den Briefkästen glänzten. Bald würde der Briefträger kommen und sich wie immer über den Schwager beschweren, der sich bei ihm eingenistet hatte und nicht mehr wegwollte. Er legte ein Buch in eine Schublade, holte aus einer anderen ein Foto vom Hochzeitstag und zwei alte Ansichtskarten von Hannsdorf hervor und betrachtete sie eine Weile. Der Briefträger war da, und er ging ihm entgegen. Die Sonne war weitergezogen, sie schien nicht mehr auf die Geranie, sondern auf die Fensterscheibe, der glänzende Strahl wurde auf der Mauer zurückgeworfen und zerschnitt sie wie mit einem Säbelhieb. Als ein Lufthauch das halb geöffnete Fenster bewegte, flitzte der Strahl, duellierte sich mit raschen Hieben auf der Mauer.

»Heute Abend wird es regnen«, sagte der Briefträger, »schon jetzt ist es drückend schwül, aber vom Meer her kommt gleich ein heftiger Wind, Sie werden sehen, er wird alles wegfegen, es ist wirklich nötig.«

Er lächelte, zog ein wenig die Lippe hoch und entblößte die Zähne.

MUSIKUNTERRICHT

Der Maestro blieb einen Moment stehen, um die Villa zu betrachten, die nun schon ziemlich nah war. Er keuchte ein bisschen, ein wenig mehr, als die mäßige Steigung der Straße es erforderte. Seit einiger Zeit hatte er es sich angewöhnt, unwillkürlich hin und wieder ohne jeden Grund zu stöhnen, eine harmlose Macke, die sein Körper ihm auf einmal abverlangt hatte, nach Art der alten Leute, die sich Grillen und Eigenmächtigkeiten erlauben, kleine Vorwegnahmen und gleichzeitig Entschädigungen für die große Verabschiedung von der Wirklichkeit.

Er sah schon das Gartentor, die ineinander verschlungenen Voluten der schmiedeeisernen Stäbe, die sich zu Kronen formten, und die von Rankpflanzen bewachsene Veranda vor dem Salon, wo ihn Vilardi wohl schon erwartete. Vielmehr der Maestro Vilardi, denn ihm gebührte dieser Titel inzwischen mehr als ihm, Salman Meierstein, ja doch, geschätzter Lehrer am Konservatorium, mehr aber auch nicht.

Oft hatte er diese Strecke im Auto zurückgelegt. Die Dame des Hauses hatte ihn vom Chauffeur abholen lassen, der große schwarze Wagen fuhr die Straße entlang, die sich auf halber Höhe entlang der Küste hinzog, hoch über dem unendlichen Meer, und dann in den Park. Ein Diener führte ihn in den Salon, wo ihm der Schüler eine schlaffe, feuchte Hand reichte, der Diener kam zurück mit dem Espresso und der Dame des Hauses, die ein paar Minuten lang blieb, von ihrem Mann sprach, dem vor vielen Jahren verstorbenen Senator, von den Ländereien, den Gütern und prächtigen Landhäusern im Friaul, kein Vergleich mit dieser Villa in der Stadt, und ihn dann mit dem Sohn für den Unterricht allein ließ. Der junge Mann nahm die Geige und begann zu spielen. Salman hörte mit halb geschlossenen Augen zu, nickte beifällig bei einem schönen Stakkato, erkannte an bestimmten Passagen das eifrige Bemühen, das ihm inzwischen vertraut war, manchmal einen überraschenden Einfall, der aufleuchtete und erlosch wie ein Blitz inmitten des Widerhalls von oft gehörten Dingen und der ihn schmerzhaft berührte. Dann griff er ein, schlug Änderungen vor, einen besonderen Bogenstrich, der ihm gerade eingefallen war, ein stärkeres Vibrato oder eine zartere Kavatine, alles Dinge, die an das erinnerten, was er gehört hatte, bevor er Polen verließ, von irgendeinem Jossele, der sich in den Höfen der Wirtshäuser herumtrieb. Er kam sich vor wie der Schulmeister, der im Cheder den Schülern originelle Bilder beibringen, sie nicht nur schreiben, sondern auch poetisches Schreiben lehren wollte und sie nötigte, halbe

Sätze zu Ende zu führen: »Der Herr wird die Feinde Israels zerstreuen, wie der Herbstwind die Blätter … die Blätter des …« So hob er auch die Geige hoch, strich mit dem Bogen über das Instrument und forderte dann den Schüler auf, weiterzumachen, Variationen zu finden. Der gehorchte, wich dabei seinem Blick aus. Dann brachte ihn der Wagen wieder nach Hause, und einmal im Monat überreichte ihm der Sekretär der Dame des Hauses einen Umschlag.

Zu der Zeit war er schon seit einigen Jahren wieder in Triest, nach dem Krieg und der Vernichtung. Sein Vater hatte keinen Fuß mehr nach Italien setzen wollen, er hatte dem Land den großen Verrat nicht verziehen. Salman erinnerte sich noch daran, als sein Vater das erste Mal nach Triest gekommen war, ungefähr ein Jahr nach der übrigen Familie. In Polen, in Biłgoraj, wo sie gelebt hatten und wo Salman geboren wurde, war das Leben für einen Juden nicht leicht, schwieriger noch in der neuen polnischen Republik als im wenige Jahre zuvor untergegangenen Habsburgerreich. Er erinnerte sich dunkel an Demütigungen, Verhöhnungen, Ängste. Sein Vater, ein orthodoxer Jude mit Kaftan und Schläfenlocken, der nur Jiddisch sprach, hatte Anfang der Dreißigerjahre in Triest eine Filiale seiner Firma aufgemacht und seine Familie vorausgeschickt. Es war die Zeit des Faschismus, der damals noch nicht antisemitisch war, schon gar nicht in Triest, dank der liberalnationalen und patriotischen Traditionen der jüdischen Gemeinde. Man ging nicht freundlich mit den Slawen um, doch der Podestà Salem, ein prominentes Mitglied der jüdischen Gemeinde, war bei allen wohlgelitten und stand auf gutem Fuß mit dem Regime. Die Familie hatte sich unauffällig in der Stadt eingelebt, und der kleine Salman war Mitglied der faschistischen Jugendorganisation Balilla geworden. Ein Jahr später war dann also der Vater nachgekommen, der entzückt war über die endlich unbelastete Situation der Familie und insbesondere stolz auf die schwarze Uniform seines Sohnes, eine militärische Ehre, die in Polen für einen jüdischen Jungen kaum vorstellbar gewesen wäre. Bekleidet mit seinem alten Kaftan, zwang er den kleinen Salman dazu, ständig in seiner Balilla-Uniform in der Stadt herumzuspazieren, in der Hoffnung, einem faschistischen Bonzen zu begegnen. Kam es zu einer solchen Begegnung, riss er den Arm des Kindes in die Höhe und sagte zu ihm: »Hejb die Hand, meschuggener!« Und fügte zufrieden hinzu: »Dieser Mojschele« – so nannte er Mussolini – »tut alles für uns.«

Nachdem der Vater aus Liebe zu Mojschele-Mussolini nach Triest gezogen war, hatten sie alle fliehen müssen, weil die Rassengesetze erlassen worden waren. Von da an hatte Salman den Eindruck, dass das Leben auch unter anderen Gegebenheiten ein Missverständnis von jemandem war, der Mussolini mit Mojschele verwechselte. Von Biłgoraj nach Triest, von Triest nach Palästina und nach Amerika, dann wieder nach Triest. Was hatte ihn in diese Stadt zurückgeführt, die die Geschichte unterwegs verloren hatte, an dieses letzte Ufer des alten Europa? Hejb die Hand, meschuggener!

Er setzte seinen Weg fort. Vor und unter ihm war das Meer, etwas Extremes, eine letzte Schwelle, vor der er mit dem atavistischen Misstrauen des Kontinentaleuropäers zurückwich. Als er als Kind nach Triest gekommen war und zum ersten Mal das Meer erblickt hatte, hatte er die Sonne in diesem Blau untergehen sehen, und von da an war das Meer, auch dieser Golf, wo das Mittelmeer endete, für ihn der Ort des Sonnenuntergangs geblieben, die ozeanische Einsamkeit, die die Wörter Okzident und okzidental bei ihm hervorriefen. Sein Mitteleuropa bestand aus Ebenen, Bergen, Häusern, aus Orten, an denen man sich warm anzog, billigen Hotels, wo man sich Gesicht und Hände im Waschbecken wusch, und es hörte da auf, wo das Wasser anfing, jedes Wasser, jedes Meer. Ein einziges Mal in seinem Leben hatte er auch versucht, die sirenengleiche Musik, die er aus jenen lieblichen Lauten, aus Okzident, okzidental, heraushörte, in Noten zu übertragen, die einzige Sprache, die er kannte und in der er viele Generationen so erfolgreich am Konservatorium unterrichtet hatte, doch es war ihm nicht geglückt. Zu einem Juden aus Biłgoraj passten die Sirenen nicht. Wer weiß, ob der ehemalige Schüler, der mit seinen Konzerten seit einigen Jahren recht bekannt geworden war, die Fähigkeit besaß, etwas über diese Verlockung und diese Verweigerung zu komponieren, über dieses letzte Ufer, über die Sehnsucht, den Blick vom Meer im Westen abzuwenden und nach rückwärts zu richten, zu dem vertrauten, verlotterten Osten seiner Vorfahren, zu jenem anderen Europa. Doch er hatte nie mit ihm darüber gesprochen, so großzügig war er nicht, dass er ihm jene qualvolle Unbestimmtheit geschenkt hätte. Und dann glaubte er auch nicht, dass der andere, obwohl er so eifrig und ehrgeizig war, wie es zu erwarten war, ihn verstehen würde. Im Übrigen hatten sie seit Jahren nur selten Gelegenheit gehabt, miteinander zu sprechen, seit der andere sich nicht nur um seinen Landbesitz kümmerte, sondern zu einem Geiger geworden war, der halb Europa bereiste und selbst zum Maestro geworden war.

Er war am Tor angekommen und sofort führte ihn ein Diener in den Salon. Fast nichts hatte sich geändert, nur war die Dame des Hauses, die Mutter, gestorben, und der Tod eines Menschen ist nur eine Schramme in der Wirklichkeit, wie Salman nur zu gut wusste, der einem Volk angehörte, das gewohnt war, millionenfach zu sterben, ohne vom eigenen Weg abzuweichen. Vilardi kam ihm entgegen mit freundlicher, beflissener und etwas herablassender Miene. Sein Gesicht war fülliger, die Augen waren kleiner geworden, zwei bewegliche, unruhige Schlitze. Er erkundigte sich zuvorkommend nach dem Befinden des Besuchers und fragte, wie es ihm gehe seit der Pensionierung. Das Gespräch ging eine halbe Stunde lang weiter, freundlich und vage. Hinter der Veranda sah man das Meer, unbeweglich und eisengrau.

»Ich möchte Ihnen etwas zeigen, Maestro«, sagte Vilardi auf einmal und beugte sich eifrig zu ihm hin, bis er ihn fast berührte, eine Nähe, die Salman trotz der vielen in der Enge des Ghettos verbrachten Generationen von Vorfahren einen Augenblick lang unschicklich, fast schamlos vorkam. »Spielen ist natürlich schön, eine einzigartige Kunst, und ich, auch dank Ihnen … im Grunde kann ich sagen, in aller Bescheidenheit … doch nach so vielen Jahren und so vielen Konzerten, so viel Musik von großen Meistern, von anderen, da habe ich gedacht, dass ich vielleicht … Und mir ist eingefallen … also, eine Komposition, eine Rückkehr zur Tonalität, in gewisser Hinsicht, zu einer Hierarchie der Töne … wohl verstanden, die sich auskennt, ja die genährt wird von der großen atonalen Revolution … wie soll ich mich ausdrücken … in gewisser Hinsicht eine Rückkehr zu jener Romantik, von der die Dissonanz der Moderne, die dann die Tradition umgestürzt hat, auch die der Romantik, ihren Ausgang genommen hat … aber was sage ich Ihnen, ausgerechnet Ihnen, der Sie so viel mehr davon verstehen als ich … Wenn Sie einen Blick darauf werfen wollten, ich würde mich geehrt fühlen … Es ist natürlich nur ein Anfang, eine Skizze …«

Vilardi wandte sich rasch um, öffnete eine Schublade, zog einen Packen Papier heraus und reichte ihn Salman, hielt ihn aber noch gierig zwischen den Fingern. »Interessant, sehr interessant«, murmelte Salman, nahm die Blätter entgegen, die ihm zwischen den Händen verrutschten, und überflog sie unsicher. Vieles in Cis-, B- und G-Dur flutschte durch seine Finger, die versuchten, die Blätter wieder zu ordnen, ein Gewimmel schwarzer Insekten, dünner Raupen irgendwelcher Schmetterlinge, nächtliche Tätowierungen auf zarten Flügeln. »Eine, wie soll ich sagen, so intensive Sprache … Ich werde sie mir natürlich aufmerksam anschauen, doch schon nach diesem Anfang zu schließen, ist es wirklich …« Der andere sah ihn an, mit weichem, schlaffem Mund unter gierigen, ängstlichen Augen.

»Und wenn Sie mir dann Ihre Meinung dazu sagen oder sogar einen Rat geben könnten …« Salman hob die Augen, in denen noch die Noten zu sehen waren, die er gerade gelesen hatte, und begegnete einen Moment lang denen Vilardis; er versuchte den Blick abzuwenden, bevor der andere lesen konnte, was dieser Blick besagte, doch er begriff, dass der zögernde, widersprüchliche Befehl der Hirnrinde, seinen Blick zu kaschieren und unter den schweren Lidern zu verbergen, zu spät gekommen war. Wie das Stöhnen, diese relativ neue Angewohnheit, war auch die langsamere Reaktion ein Warnzeichen. Nein, das Alter war keine Freude, auch wenn man keine ernsthaften Beschwerden hatte. Sie schwiegen einen Moment lang, dann lehnte sich der Hausherr in seinem Sessel zurück. »Lassen Sie sich Zeit, das hat natürlich keine Eile, wie Sie wissen, bin ich im Aufbruch … im Übrigen hat auch der Leiter der Salzburger Oper gerade vor einer Woche … Vor allem habe ich gedacht, dass Sie diese Passage interessieren könnte, Sie werden ja sehen, ich habe sie Kaddisch genannt, als Hommage an die jüdische Tragödie, die europäische Tragödie, die Tragödie Ihres Volkes …«

»Ja, natürlich, das ist …« Salman war aufgestanden. »Danke, vielen Dank für das Vertrauen. Also, in ein paar Wochen …«

»Gewiss, sehr gut, ich sage es noch einmal, es hat keine Eile, wenn ich zurück bin aus New York, von dieser amerikanischen Tournee. Und nun, wenn Sie gestatten, lasse ich Sie vom Chauffeur nach Hause bringen.«

Salman sah zu, im Wagen beinahe liegend, wie die Dinge vorbeizogen, und dachte, dass er nach diesem Blick nun auch der Villa, dem Salon und der Veranda für immer den Rücken gekehrt hatte. Er sah noch einmal den Blick des anderen vor sich, der in seinem Blick gelesen hatte, und fragte sich, wozu die uralte Gewohnheit, die Lider gesenkt zu halten, nutzte, wenn sich ausgerechnet im falschen Moment, bloß weil man dummerweise zu langsam reagiert hatte, der Vorhang hob und unweigerlich Einblick in die Gedanken gewährte. Ein paar Regentropfen begannen zu fallen und er schloss verdrossen das Fenster. Unweigerlich? Er merkte, dass er, wie so oft, die Hose vorn falsch zugeknöpft hatte, und knöpfte nun sorgsam die beiden Knöpfe zu. Vielleicht brauchte man einen Blick, auch wenn er peinlich gewesen war, nicht allzu ernst zu nehmen, auch nicht das Gefühl, dass etwas Endgültiges passiert war. Sein Vater war gestorben, Signora Vilardi war gestorben und viele andere, die einen so viel schlimmeren Tod gestorben waren, und er hatte weiterhin am Konservatorium unterrichtet, hatte weiterhin gegessen, geschlafen, gelogen, hatte es sich höchstens immer leichter gemacht. Sollte ein peinlicher Blick mehr Gewicht haben als das Älterwerden, das Vertrauen in Mojschele, als das Sterben, sollte er irgendetwas offenbaren? Man brauchte sich nicht lächerlich zu machen. Er würde die

Partitur lesen, letztlich sogar mit Interesse, auch wenn es ihm so vorkam, als kenne er sie schon. Aber vielleicht, ja sogar wahrscheinlich gab es auch ein paar geglückte Ansätze, ein paar gekonnte, gefällige Passagen, einige verzeihliche Ungeschicklichkeiten, die sich beheben ließen, vielleicht auch Phantasie und Leidenschaft. Ja, er würde ihn aufrichtig zu der Komposition beglückwünschen können, und sie würde ihm auch gefallen, vielleicht ihm sogar noch mehr als dem anderen.

GEKRÜMMTE ZEIT IN KREMS

Krems, dessen Pracht der arabische Geograph al-Idrisi im Jahr 1153 rühmte, eine Pracht, die seiner Meinung nach die von Wien übertraf, ähnelt heute der versunkenen Stadt Vineta, auf deren Straßen am Meeresgrund, behauptet die Legende, Menschen in antiken Gewändern umhergehen.

Ein Passant taucht aus einem Portal zwischen den Gassen auf, im Schatten der nächtlichen Stunde treten Figuren aus den Wandteppichen ins Leben. In Stein, das noch verschlafener wirkt, nicht weit weg von der Plakette, die an Köchel erinnert, den Mann, dem wir das Verzeichnis von Mozarts Werken verdanken, bemüht sich der Apotheker geschäftig um den überraschend eingetroffenen Fremden, zeigt ihm stolz die ganze Apotheke und rühmt die Schönheiten von Stein, nicht ohne ein paar Seitenhiebe gegen Krems, Echo alter Rivalität zwischen den beiden Städtchen in der Wachau.

Die Szene passt zu der Beziehungsumkehrung zwischen Ursache und Wirkung, zu der es an diesem Abend in Krems gekommen war. Ein bescheidenes Hotel, für seinen Wein bekannt (von Kaiser Maximilian gerühmt, von anderen als zu herb kritisiert) war ausgesucht worden, um meinen kurzen Ruhm an diesem Tag zu feiern, nach einer Konferenz über Kafka, die am Nachmittag in Klosterneuburg abgehalten worden war, dem Wiener Escorial, wo die Reliquien Herzog Leopolds III. von Babenberg aufbewahrt werden und mit geradezu obsessivem Pathos die Grabanlage Karls VI. von Habsburg zur Schau gestellt wird: Die Kuppel wird überragt von Krone und Kreuz, von der habsburgischen Krone, die als Kreuz getragen wird.

Eine Konferenz gelingt immer, per definitionem, und die professionelle Kunst lehrt, verführerische Tiefe zu suggerieren, indem man so tut, als verberge man sie hinter irgendeinem geistreichen Understatement. Ich hatte also Erfolg gehabt, wie jeder Vortragende, auch im Rahmen des illustren Kongresses, und die Organisatoren, denen sich die bei solchen Anlässen unvermeidlichen Fans und Gelegenheitsfreunde hinzugesellt hatten, hatten mich zum Abendessen, warum auch immer, nach Krems ausgeführt. Schnee war gefallen, was das verschlafene Nichts des alten Städtchens noch leerer erscheinen ließ und dazu führte, dass man die Gegenwart, jenen Abend so lebte, als sei er schon vergangen, immateriell und stumm wie die Erinnerung, ein weiches Nichts, dessen Weiße nicht als das reale Zeichen erschien, sondern als blasses, fernes Abbild.

Ich war die Hauptperson beim Abendessen, wurde verwöhnt von der beflissenen kleinen Gruppe. Auf penetrante Weise diskret, hatte sich ihr eine Triestiner Dame angeschlossen, die mit einem Österreicher verheiratet war und seit etlichen Jahren in Linz lebte, ungefähr hundert Kilometer entfernt. Stolz darauf, eine komplizenhafte Vertrautheit mit dem gefeierten Redner beanspruchen zu können, fast als sei es ein kleines, ihr vorbehaltenes Recht, sagte mir die Dame irgendwann, ihre Cousine sei mit mir in einer Klasse, sei also eine Schulkameradin von mir gewesen, und sie habe ihr oft von mir erzählt, von uns beiden, von unserer Freundschaft.

»Sie ist eigentlich gar nicht meine Cousine, sie hat nur meinen Cousin geheiratet, warten Sie, mit Mädchennamen hieß sie … ich weiß nicht mehr, warten Sie, der Name liegt mir auf der Zunge, sie hieß …«

Leider habe ich keine Klassenkameradinnen gehabt, ich bin im Kasernenschweiß einer Jungenklasse aufgewachsen; also sagte ich ihr, sie müsse sich täuschen, doch sie ließ nicht locker und versuchte sich an den Namen zu erinnern. Ich kann die Parapsychologie nicht ausstehen, und so sagte ich ihr ganz gewiss nicht mit mystifizierender Genugtuung, sondern bloß überrascht, während sie sich noch hartnäckig an den Mädchennamen zu erinnern suchte, ruhig und schlicht: »Sie meinen Nori S., aber Sie täuschen sich, wir waren nicht in einer Klasse, und sie kann sich nicht an mich erinnern, weil sie mich nicht kennt, wir haben nie miteinander gesprochen.«

Ich war mehr noch als sie darüber verblüfft, dieser allgemeinen Unbestimmtheit einen Namen gegeben zu haben, doch während sie erstaunt zustimmte, hatte ich nicht die Zeit, nachzuforschen, woher diese nüchterne und unbestreitbare Gewissheit rührte, denn das Vergnügen, das mir die offenkundige, objektive Lüge der geschwätzigen Dame, ihr zweifelsfreies Missverständnis gewährte, war weit intensiver als die wissenschaftliche Moral, die mich zwang, die nicht den Tatsachen entsprechende Behauptung zurückzuweisen. »Ja, natürlich, genau sie, wie haben Sie es bloß erraten? Nori, das versichere ich Ihnen, erinnert sich gut an Sie, spricht oft von Ihnen …«

Ich wehrte mich, sacht, doch unmissverständlich, während ich mich einem Glück ergab, so klar wie das Wasser eines Gebirgsbachs. Das Falsche war unübersehbar. Nori S. besuchte die dritte Klasse des Lyzeums, als ich in der zweiten war, war wunderschön und unerreichbar mit ihren kastanienbraunen Haaren, die sich in der lichten Luft der großen, offenen oder schlecht schließenden Fenster des Gymnasiums kräuselten und heller aussahen; alle Schüler liebten sie seit Jahren, liebten sie mit der verlässlichen Treue eines Garderegiments. Wenn sie auf den Fluren vorbeiging, ahnungslos und in Gedanken vertieft, begriffen Hunderte von Rekruten des Schicksals ein für allemal dieses Jenseits, das, in den Worten eines berühmten Gedichts, in allen Bildern eingeschrieben ist und das in ihrem Gesicht und in ihren schrägen hellen Augen noch eindeutiger eingeschrieben war als in dem bewussten Gedicht.

Für einen Siebzehnjährigen ist eine bezaubernde Achtzehnjährige unerreichbarer als eine Hollywood-Diva für einen Lehrer; im Allgemeinen überschätze ich mich nicht, aber ich unterschätze mich im Zweifelsfall auch nicht allzu sehr, doch ist es undenkbar, dass die Distanz zwischen mir und Nori überbrückt werden kann, so wie es früher undenkbar war und für immer undenkbar sein wird. Es ist die gleiche Distanz wie die zwischen jedem strammstehenden Infanteristen des Regiments und der Flagge, die sich in den Himmel erhebt. Durch die gemeinsame Liebe zu Nori erfuhren wir die Universalität des Eros, der auf das Allgemeine, das Absolute, das Göttliche, das Sein abzielt, das sich vor aller Augen entfaltet, so wie die Lichtung in den Wäldern des Monte Nevoso, dem Schneeberg hinter Triest, oder die Öffnung des Meeres bei Miholašćica auf der Insel Cres. In dieser ausnahmslos von allen bekundeten Liebe waren wir Brüder, wie vor dem Tod und vor der Zukunft, die uns erwartete, undurchdringlich auf Grund des allzu hellen Lichts der Jugend, das sie ausstrahlte. Nur einen Kameraden beneidete ich ein wenig, Stefanutti, den sie offenkundig kein bisschen schätzte und den alle aufgrund dieser unerwiderten Liebe auf den Arm nahmen; er war gewissermaßen der offizielle unglücklich Verliebte, stellvertretend für uns alle. Eindeutig hatte er die Berufung zum Stellvertreter, denn später schaffte er es auf die Bänke irgendeines Plenums und nahm Aufgaben wahr, die gewiss von geringerer Bedeutung waren als die, den Vertreter der Verehrer von Nori zu spielen, aber doch immerhin repräsentativ.

Ich beneidete ihn, denn der Spott und die allgemeine Meinung setzten ihn irgendwie in eine öffentliche Beziehung zu Nori, wenn auch eine der Verneinung und des Entzugs, während ich in keinerlei Beziehung zu ihr stand, nicht einmal in einer indirekten oder negativen. Tatsächlich kannte ich Nori, sie aber kannte mich nicht, so wie ich das Gesicht des amerikanischen Präsidenten erkennen kann, während ihm meines unbekannt ist. Es war also ausgeschlossen, dass Nori mit der Dame je über mich gesprochen hatte, denn sie wusste ja nichts von meiner Existenz, wir hatten nie ein Wort miteinander gewechselt, und ich konnte nie Gegenstand eines ihrer Sätze gewesen sein, die gewiss so harmonisch waren wie der Flug der Möwen. Ich genoss die Ironie der Situation, denn die Dame rühmte sich der Vertrautheit ihrer angeheirateten Cousine mit mir im Glauben, dank dieser Nähe würde ein bisschen von meinem kurzen Ruhm an diesem Abend auf sie abstrahlen, während auch nur die – freilich unhaltbare – Vermutung, Nori hätte von mir gesprochen, für mich eine Aufwertung an Ort und Stelle bedeutete, einen olympischen Lorbeer.

Ich sagte ihr also, während sie protestierte und die Wahrhaftigkeit ihrer Worte beteuerte, dass ich glücklich sei und dankbar für diese Lüge, auch wenn ich wisse, dass es eine Lüge war, und den ganzen Abend lang überließ ich mich dem Vergnügen, das diese Lüge mir verschaffte, ließ mich von dieser Phantasie wie von einer Musik verwöhnen, und dabei störte es mich nicht im Mindesten, dass ich mir ihrer Unwirklichkeit bewusst war.

Der Abend in Krems war freilich nur das ironische, liebevolle Vorspiel für meine aufgeschobene Revanche. Fast ein Jahr später erzählte mir in Rom ein Freund, als wir uns über ehemalige Klassenkameraden unterhielten, er habe vor wenigen Wochen Nori in der Sommerfrische am Meer getroffen, sie habe sich an mich erinnert und alles Mögliche über mich erzählt. Das war nun wirklich zu viel, und trotz der späten Stunde wählte ich die Nummer des Hotels auf der Insel, wo sie sich zufällig begegnet waren und sich am Strand unterhalten hatten. Während ich wartete, dass man mich durchstellte, wurde mir bewusst, wie seltsam dieser Anruf war, und als ich eine weibliche Stimme hörte, stammelte ich verwirrt meinen Namen und sagte, vor ein paar Wochen, in Krems, habe mir ihre Cousine, Frau Soundso, gesagt, dass sie ... Und daher hätte ich mir nun erlaubt ... Doch ich wurde sofort von der Stimme am anderen Apparat unterbrochen, die mich freudig und vertrauensvoll begrüßte und mit mir sprach, als seien wir alte Freunde.

War ich also Svevos Greis, der erst nach vielen Jahren ein Mädchen wiedertrifft, das er eines Abends flüchtig gesehen hat, und nur in der Erinnerung die Rechnung begleicht, die ein halbes Jahrhundert zuvor offen gelassen, ja nicht einmal gestellt wurde, weil das Licht des Lebens im Gegenwärtigen von der Lebensangst verdüstert worden ist? Die leichte Sommerbrise vom Fenster her, nahe dem Telefon, war ein Wind aus den unendlichen Räumen, in denen alles gegenwärtig und gleichzeitig ist, die Rotation eines Planeten und das Licht eines Sterns, das von ganz weit her kommt. Vielleicht war die Donau in der Umgebung von Krems der Ozean, der die Welt umgibt, Wasser, die dahinfließen und im selben Augenblick wiederkehren, Ufer, die sich immer und ewig in seinen Wellen spiegeln.

Die Zeit ist die Herrin der Kausalität: Eine Ursache ruft eine Wirkung hervor, das heißt, sie geht ihr voran. Doch man geht von einer Wirkung auf die Ursache zurück, die sie hervorgerufen hat; die Vertrautheit am Telefon war also die Wirkung einer gegenseitigen Bekanntschaft, die es zwangsläufig in der Vergangenheit gegeben haben musste und die folglich diese Vergangenheit veränderte und in der Zeit zurückging, um Jahrzehnte später etwas zu erzeugen, was es damals nicht gegeben hatte. Ja, die Zeit ist eine kausale Ordnung, wenn aber die Ursache sich in der Raumzeit nicht schneller als mit Lichtgeschwindigkeit verbreitet, sagte ich mir und klammerte mich an vage Erinnerungen aus der Schulzeit und an Erläuterungen, die ich ziemlich erfolglos von befreundeten Physikern erfragt hatte, dann bestätigt die Relativitätstheorie, glaube ich, dass zwei Ereignisse, die nicht durch ein kausales Signal, das eben mit Lichtgeschwindigkeit oder auch langsamer reist, verknüpft werden können, sich nicht auf absolute Weise in der Zeit ordnen lassen.

Sind also die der Cousine aus Linz gemachten vertraulichen Aussagen und das Gespräch am Telefon der Grund – oder die Wirkung? Oder vielleicht beides? Was für eine Verwirrung, was für eine Bezauberung –, dass ich mit Nori so vertraut bin, eine Vertrautheit, zu der es vierzig, nein fast sechzig Jahre später kommt, wenn das Wasser der Donau, das an Krems vorbeifließt, längst im Schwarzen Meer gemündet ist? Um Verwirrung zu vermeiden, müsste die Grammatik reformiert werden, und die Verben dürften nur noch im Infinitiv gebraucht werden. Dann ging auch Nori, so wie das Sein des Parmenides, auf den Fluren des Gymnasiums weder in der Vergangenheit noch in der Zukunft, sondern nur in der Gegenwart einher? Die Zeit, eine Erweiterung der Seele, sagte der heilige Augustinus – meiner Seele, die sich ausdehnt, um Zeiten zu umfassen, in denen ich noch gar nicht existierte? Ich wünschte, es wäre die Seele Noris, die auch mich umfassen würde, den winzigen Punkt im großen Bereich des Herzens, in dem es alles gibt und alles wiederkehrt.

Ihre Haare, wer weiß, warum sie mir in der Erinnerung dunkler vorkommen, ein Abend, der sich schon auf das mondlose, doch leuchtende Meer herabgesenkt hat, noch ein Lichtschein am Horizont; weiß bricht sich die Welle am Strand, zieht sich zurück und kehrt wieder, jetzt ist sie da, das klare Lächeln des Gesichts und der Welt. Einmal hatte man die obersten Klassen des Gymnasiums nach Miramare geführt, zur Besichtigung des berühmten Zentrums für Physik im Park des zauberhaften, kitschigen Schlosses, von wo aus ein unberatener, hochherziger Erzherzog aufgebrochen war, um ein zum Sterben verurteilter Kaiser zu werden. »In den der Physik entsprechenden Feldtheorien, die Einsteins Relativitätstheorie verallgemeinern« – der

Vortrag des illustren Wissenschaftlers war Bestandteil des Besuchs, des der Bildung dienenden Ausflugs, hatte der Schuldirektor gesagt –, »findet man heute geometrische Einheiten, die an Parmenides' Begriff von Ewigkeit erinnern …«

Aus der Tiefe der Zeit erklang die bräsige, selbstgefällige Stimme wieder, das Rascheln von Blättern in der Meeresbrise, die zwischen den Zypressen und den Steineichen wehte, gepflanzt von Maximilian und Charlotte in jenem Park, Insel der Glückseligen und der Toten. Die Stimme verlor sich im Echo der Erinnerung, konzentrische Wellen verebbten in dem Teich im Park, in den der eine oder andere von uns, der nur mit halbem Ohr zuhörte, ab und zu ein Steinchen warf. Die dumpf klingenden Wellen, die damals diese Worte zwischen Felsen und Laub verbreitet hatten, über die marmorne Sphinx hinaus, die zu Füßen des Schlosses auf das sphinxhafte Meer blickt, über den Gehörgang und das Trommelfell, die die Worte den vernünftigen und wohlerzogenen Synapsen der Neuronen der Zuhörer übertragen hatten, welche dankbar waren für die einschläfernde Wirkung, die auch dieser Vortrag wie jeder andere nützliche Vortrag bot – sie hatten sich noch weiter verbreitet, bis zum Wald, der schwarz dem weißen, melancholischen Schloss gegenübersteht und es fast, bis auf die Meerseite, umschließt. Und noch weiter hinweg waren sie gezogen, in den Jahren, die sich von jener Stunde an verzweigt hatten, so wie sich die Pfade in jeder Richtung vom Brunnen in der Mitte des Parks verzweigen, und jetzt hatten sie mich über das Dickicht der Zeit hinweg erreicht und tönten in Vibrationen von anderer Art wider, in Wellen des Herzens. Heute, jetzt ... Doch was soll das heißen? Der eloquente Redner bekräftigte, dass heute und gestern, jetzt und morgen, vorher und nachher nur im Gehirn existieren, das, anmaßend und launisch, das Vorher dahin und das Nachher dorthin versetzt.

Wann also ist jetzt? Immer, was manchmal nur eine Sekunde dauert, sagt das Weiße Kaninchen zu Alice. Das Wunderland und das Land hinter den Spiegeln sind also überall, will heißen immer, und es hat weder Ende noch Anfang; es gibt keinen anderen Teil, keine andere Sekunde. Wenn die Dinge so sind, wie jener Professor sagte oder sagen wird, so müssten nicht nur die Zeitformen, sondern auch Präpositionen und Adverbien der Zeit abgeschafft werden. Übereinstimmende Feldtheorien, geometrische Einheiten, bevor und nachdem sie nur im Kopf existieren – und in diesem despotischen Kopf herrschen großer Wirrwarr und große Verwirrung.

Jetzt, Nori und ich jetzt ... Ein helles Lächeln auf ihrem Gesicht; das Wasser fließt durchsichtig, Wolken hinten über dem Meer, die Durchsichtigkeit des Herzens. Das Wort weitet sich, bis es das große Meer hinter dem Rücken des Vortragenden umfasst, die gerade Linie des Horizonts krümmt sich, die Wölbung des Himmels beschließt sie ... Wenn in der Raumzeit, wie der Vortragende sagt, Letztere von einer gekrümmten statt von einer geraden Linie dargestellt wird, kann es sich, wenn die Masse groß genug ist, auch um eine geschlossene Kurve, also einen Kreis handeln. Aber dann kehrt alles wieder, alles ist, und ich bin schon gewesen, bin schon an der Mündung der Donau, während ich noch ihren Wassern folge, um an die Mündung zu gelangen.

Und doch liegt Krems hinter Dürnstein, zumindest für den, der aus Wien kommt, 1918 hat man die Schilder mit dem doppelköpfigen Adler von den öffentlichen Gebäuden des Adriatischen Küstenlands heruntergerissen, und das zuvor österreichische Triest ist italienisch geworden, 1989 ist die Berliner Mauer gefallen, und der Big Bang soll sich vor vierzehn Milliarden Jahren ereignet haben. Doch ein Jahr bedeutet den Zeitraum, den die Erde braucht, um sich um die Sonne zu drehen, und einen Tag braucht sie, um sich um sich selbst zu drehen, doch als es weder Erde noch Sonne gab, was bedeuteten dann Jahre und Tage, was konnte existieren und geschehen in jenen Jahren, die es nicht gab? In jedem Fall haben Kriege im Lauf der Jahre begonnen und ein Ende gefunden – wo endeten sie? Die Narben sind noch da; in den Körper geritzte Tätowierungen, brennen sie immer noch unter der Haut, der Haut der Welt und der von jedermann. Der Globus ist glatt, die Hand streicht über die vielfarbige, glatte Oberfläche, unter dem Blau der Gewässer und fernen Inseln ist alles ein einziges Blutbad, eine einzige Fäulnis. Die Meridiane zerteilen diese Kugel wie in Orangenschnitze, das Schiff zerteilt den Faden, der die Zeit zerteilt. Einen Augenblick lang – was soll das heißen? Nein, nicht einen Augenblick, sondern einige Minuten lang – ist der Bug im 25. November und das Heck im 26., ja oder auch nein, das Gegenteil. Die Linie des Datumswechsels, eine Liebe, die einer anderen vorangeht, die sich ihrerseits zurückzieht – in die Zeit natürlich, wohin sonst? Könnte auch die Liebe eine reine Übereinkunft sein, so wie es jene Linie, jenen Meridian, den man nicht sehen kann, gar nicht gibt?

Jeder Meridian ist ein Schnitz, derselbe Meridian, dieselbe Stunde in Triest, Dresden, auf den Lofoten, in Luanda, im Skeleton Coast Park. Am Nord- und am Südpol treffen die Spitzen aller Schnitze zusammen, alle Stunden der ganzen Welt – um wie viel Uhr hat Amundsen als Erster den Südpol betreten? Es ist nicht wahr, dass keine Zeit mehr sein wird, wie die Apokalypse für die Zukunft droht oder verheißt – es ist eine Zeit des Verbs, nicht die Abschaffung der Zeit, sondern vielmehr eine Vermehrung, eine Vermischung, ein Sich-Widersprechen aller möglichen zugleich existenten Zeiten; das Leben – oder der Tod – ist ein Flimmern von Stäubchen, das schwindeln macht.

Die Zeit beziehungsweise der Tod. Im Jahr 1996 ist V. gestorben, ein entzückendes kleines Mädchen, das kein kleines Mädchen mehr war und doch noch ein Kind, selbst nach Jahren der Krankheit, die sie gequält und entstellt hat, ohne ihre unzerstörbare Würde anzugreifen, den Zauber dessen, was sie einst war und also für immer sein wird. Dieses Datum, eine Wasserscheide des Lebens und nicht nur ihres Lebens, das Gitter vor einer Schleuse über dem Fluss, die das Fließen des Wassers verhindert.

V. lebt nicht mehr, was heißt das? Vielleicht ist Shakespeare kein Dichter mehr, vielleicht war er es nur und ist es nicht mehr? Was haben seine verstopften Adern oder irgendwelche anderen Zipperlein damit zu tun, dass er jetzt Dichter ist und es immer sein wird? Und andere Freunde und Freundinnen – Freundschaft, ein anderer Name für die Liebe, man geht gemeinsam einen herzerwärmenden und riskanten Weg, Lieben ist ein Wagnis, doch ist es für immer, folglich jetzt … Mancher Freund, manche Freundin gehen nicht mehr gemeinsam mit uns, sie haben einen anderen Weg eingeschlagen, der anderswohin führt, auch wenn man nicht recht weiß, wohin – vielleicht hinken sie ein wenig hinterher, vielleicht sind sie in einer Osmiza hängengeblieben, um ein Glas Terrano zu trinken, bald kehre auch ich zurück oder gehe voran und finde sie wieder, wenn es noch Wein und Schinken gibt, sind sie bestimmt noch da, es gibt mehr als eine Kneipe, in der es einem besser geht als in dieser Welt. Wenn es danach – nach was …? – noch gute Kneipen gäbe statt Engel, die zwischen den Wolken Trompete blasen, wäre das gar nicht übel. Vielleicht könnte ich da ein wenig kühner sein, schließlich spielt dort das Alter keine Rolle – aber wann spielt es denn eine Rolle? –, und auch ein verklemmter Knabe könnte den Mut aufbringen … Ich habe nie richtig mit Nori gesprochen vor jenem Abend in Rom, und auch dann nur am Telefon. Ich wollte, ich hätte es getan; vielleicht hätte ich, auf jener anderen Seite, weniger Angst, man hat ja immer mehr oder weniger Angst bei solchen Dingen, wenn sie wirklich wichtig sind. Ich wünschte, ich hätte mit ihr gesprochen, auch schon früher; hätte sie geküsst, würde sie also küssen …

Lieben, Synonym von sein, ein mangelhaftes Verb, das nur den Infinitiv Präsens kennt. Die speziellen konformen Transformationen projizieren – das stand nicht nur am Ende des Vortrags, das war auch fast eine fixe Idee des Redners in Miramare – die Punkte der Raumzeit vom Endlichen ins Unendliche, in ein Ganzes, das Penrose (anscheinend noch einer dieser Koryphäen, die das Funktionieren von Vorher und Nachher erklären) als Lichtkegel ins Unendliche bezeichnet hat. In diesem Kegel – sagt er, hat er gesagt, wird er sagen – erscheinen vergangene und künftige Zeiten genau gleichwertig in einem einzigen Punkt.

Vielleicht das ewige Leben? So sagen die Vertreter einer anderen Glaubensrichtung, die zwar vorgeben, etwas zu zeigen, was man nicht sehen kann, aber es zumindest nicht so vorführen, als sei es das Theorem des Pythagoras, während die Professoren, so anmaßend und selbstsicher mit ihren Logarithmen, Algorithmen und Schwarzen Löchern … Und jetzt auch noch LUCA, Last Universal Common Ancestor, ein Ururgroßvater, das Protobakterium oder vielleicht auch nicht, jedenfalls der älteste Vorfahr aller lebenden Ein- und Mehrzeller, von uns allen, Pilze und Amöben eingeschlossen. Was macht es schon, dass ihn noch niemand gesehen hat? Auch Gott hat niemand gesehen; was das betrifft, das sagt auch der Apostel Johannes, der Lieblingsjünger. Auch das Schwarze Loch, in das ein

Stern hineinstürzt, hat keiner gesehen, und man kann nicht einmal sagen, dass der Stern vorher da war und dann erst das Schwarze Loch, denn nur das Gehirn teilt in ein Vorher und ein Nachher ein, und wenn es also das Gehirn nicht gibt – auch wenn es da ist und man so sagt, erklärte jener Professor in Miramare im Dialekt –, gibt es auch weder Vorher noch Nachher, nichts, kosmischer Staub, der nicht existiert, winzige Mücken, die das alte Auge in der Luft schweben sieht, die aber nicht da sind. Der weiße Stern strahlt und stürzt in ein Schwarzes Loch, das Haar von Nori ist weiß und war, ist – wird sein? – dunkles Kastanienbraun, nein, ganz so dunkel auch wieder nicht. Er begeisterte sich, der Professor, der es so wichtig hatte mit dem Vorher und dem Nachher, und freute sich über die Macht des Hippocampus, dieses kapriziösen Seepferdchens, das sich zwischen den Gehirnlappen befindet, über Kronos, die Zeit, den entmachteten Souverän, der auf seinem Thron sitzt wie auf einem kaputten Stuhl. Er war im Übrigen noch einer von den Sympathischeren, dieser Professor mit seinem Akzent, unter all denen, denen wir zuhören mussten, wie Rekruten, die von den Offizieren angehalten werden, sich in der Schlacht um das Leben, pardon, um die Wissenschaft zu schlagen.

Also ewiges Leben? Ja, aber hier und jetzt – es hatte mich beeindruckt, es von jemandem zu hören und zu lesen, der Seine Heiligkeit genannt wird und der in seinem weißen Gewand stets gehemmt und befangen wirkte, aber doch den Mut gehabt hatte, er selbst zu sein statt der Stellvertreter Gottes. Also schreibt, schrieb dieser Mann, dieser ehemalige Nachfolger Christi, das ewige Leben ist jetzt und immer, aber vor allem jetzt keine imaginäre Existenz, die nach dem Tod weitergeht, keine unbegrenzte Fortsetzung von Gestern, Heute und Morgen und was noch allem, mit Strafen und Belohnungen, wie viele Gläubige glauben wollen. Das ist das ewige Leben, dass sie Dich erkennen – so sprach zumindest jener, der sich Gottes Sohn nannte, kurz vor seinem Tod.

Die Wahrheit erkennen, sie leben. Das echte, authentische, von Bedeutung durchdrungene Leben; gelebt auch in der Zeit, in der von einem Wert erleuchteten Zeit, die von nichts und niemandem zerstört werden kann und auch nicht vom Rieseln des Sands in der Sanduhr verändert wird, die umgedreht wird und gleich wieder voll ist, während sie gerade noch leer schien. Heißt »immer« leben oder sterben? Das Glas der Sanduhr leuchtet auf und färbt sich in dem Licht, das durch sie hindurchgeht, ein rostgoldenes Licht, wenn die Sanduhr voll ist, ein blasses Gelbrosa, wenn sie sich entleert. Durchsichtiges Licht in den unsterblichen Augen von Nori, in jenem Blick, der nicht altert. Kurzes Leben, ewiges Leben; unsere Zufälligkeiten, schrieb der alte Dichter zwischen den Dünen und den Stränden von Grado, färben die Ewigkeit Gottes; die Wellenlängen des Lichts, Ziffern und Bruchteile, werden zum Blau des Meeres, zum Purpurrot des Abends, zur Helligkeit in den Augen von Nori. Das undurchsichtige Korn stirbt unter der Erde, das Gold der Ähre neigt sich im Wind. Ewiges Blatt des Pepulbaums, nicht weit entfernt von Benares und vom Ganges, unter dem ein Bettelprinz den Schmerz und die Angst vor dem Tod besiegt hat. Im Blatt, das stirbt, ist die Sonne enthalten, die es erwärmt hat, erklärt er seinen Jüngern, die Wolke, die mit dem Regen seinen Durst gestillt hat, die Erde, die es genährt hat; das Blatt gibt die Dinge und die Ereignisse zurück, die es geformt haben und die immer noch Blatt sind. Ewige Unbeständigkeit, Ewigkeit aller Dinge.

Ewiges Verstreichen, ewiges Sein; die Blüte stirbt in der Frucht, also ist sie die Frucht, schrieb ein genialer und zuweilen schwülstiger Professor aus Jena und bewies damit, dass auch der größte aller Philosophen ein Dichter sein kann. Stirb und werde, sagte jener Weimarer Dichter, der so viel mehr Dichter war als der andere, dem er übrigens, in seiner Eigenschaft als Berater am herzoglichen Hof, das Professorengehalt erhöhte, wenngleich in bescheidenem Umfang. Stirb und werde, dann bist du in Wahrheit, wenn du nicht ein eiliger und trüber Gast auf einer dunklen Erde bleiben willst. Die Oleander in meinem Garten, rosa weiß rot, jedes Jahr anders, jedes Jahr gleich. Angst vor dem Sterben? König Ane der Alte, du bist nicht gestorben, sagt die Saga, sondern in König Egil wiederauferstanden. Trink, alter König, das Leben gibt dir, so wie du dir nimmst, du bist es, der den Becher leert und wieder füllt.

Wörter – von wem, von anderen, von niemandem; die Wörter sind wie die Luft und die Jahreszeiten, sie gehören keinem. Große Verwirrung, zu groß für den kleinen Kopf, der sie enthält. Das Universum in einer Nussschale, so leicht zu zerstören, es genügt, die Nuss kräftig gegen die Tischplatte zu schlagen. Doch inzwischen reift der Kern heran, wird weicher und schmackhafter, und auch unter der Schale versteht und begreift er etwas. Und auch ich begreife jetzt ein wenig das Paradox der Zwillinge, ein junger und ein etwas älterer, der, der in eine Pension auf halber Bergeshöhe gezogen ist. Nori ist jünger als ihre Altersgenossen, die nicht wie sie am Meer gelebt haben; sie trägt das Meer in sich, vielleicht weiß sie es nicht, erinnert sich nicht daran, als sie Meer war und ein Meeresgeschöpf, wie alles, was lebt. Ihre Jahre sind der Blumenstrauß, den sie in der Hand hält, Meeresmohn, glaube ich, ihre Augen – ich sehe ihre Farbe nicht, doch sie sind hell und leuchtend. In jedem Fall ist sie hier in dem Lichtkegel, ein helles, ultramarinblaues Licht. Von Malfa aus sieht man in der Ferne, hinter dem Weiß des Schaums im großen Blau, Panarea und Stromboli, das schwarze Stromboli, seine schwarzen Strände, auf Griechisch heißt *glaukós* blau, aber auch, laut manchen späteren Autoren, ein Hellblau, das dunkler wird, ein beinahe schwarzes, doch leuchtendes Blau, ewiges Leben im Licht dieses Blicks. Das hatte ich auch in Krems gesehen, als …

Künftige und vergangene Zeiten, ein einziger Punkt, eine einzige Zeit … Ein unendliches Präsens? Vielleicht treten wir in zwei Vorstellungen auf, einer linearen und einer kreisförmigen, beide beleuchtet von einem Licht, das von der Spitze des Kegels stammt, der diesem Professor

Penrose so gefällt. Vor vielen Jahren gab es in Triest in der Viale XX Settembre ein Kino mit zwei großen Leinwänden in zwei nebeneinanderliegenden Sälen, nur von ein paar Stufen getrennt, die zu den Reihen und den Sitzplätzen führten. Es wurde der gleiche Film gezeigt, und die beiden Leinwände dienten den Bedürfnissen eines häufig zahlreichen Publikums. Von jedem Platz aus in den beiden Sälen konnte man, wenn man wollte, auf beide Leinwände sehen, auf die eine ganz normal von vorn, auf die andere von der Seite. Der Film wurde auf beiden Leinwänden gleichzeitig gezeigt. Doch es wäre auch durchaus möglich gewesen, die Vorführung auf der einen Leinwand eine halbe Stunde vor oder nach der anderen beginnen zu lassen, sodass man gleichzeitig verschiedene Ereignisse und Momente hätte sehen können, die Hauptfigur, die auf der einen Leinwand stirbt und dann auf der anderen kämpft und sich verliebt, ihre Geschichte, die nach ihrem Ende beginnt oder weitergeht.

Ist es vielleicht das oder etwas Ähnliches, der Lichtkegel im Unendlichen, in dem es weder zeitliche noch kausale Ordnung gibt, eine Region außerhalb der Zeit? Natürlich weiß ich wohl, dass ich ein Punkt in der gewöhnlichen Raumzeit bin, ein Punkt, den Physiker und Kosmologen für unbedeutend halten würden. Doch vielleicht behandelt mich irgendein Mathematiker streng mit Instrumenten der topologischen Geometrie; es ist nicht gesagt, dass ein Punkt sich des Zirkels bewusst ist, der ihn zeichnet, oder des Netzes, das von ihm ausgeht, und das gilt erst recht für die Transformationen der konformen Gruppe, die nicht besonders rücksichtsvoll mit ihm umgehen.

Es ist daher möglich, dass ich zwischen jenem Abend in Krems und jenem Anruf aus Rom aus der gewöhnlichen Raumzeit in die Region außerhalb der Zeit geschleudert wurde und dann wieder zurück, denn es steht außer Frage, dass in diesem Augenblick meine Zeit geradlinig verläuft, so wie der Stift, mit dem ich schreibe, ein Pfeil, der ohne Wiederkehr auf das Ende zueilt in dem unumkehrbaren, verschwenderischen Prozess, der Schreiben und Leben ausmacht, beides Erkrankungen mit tödlichem Verlauf.

Wenn Künste und Wissenschaften ihre Göttinnen hatten und Urania die Muse der Sternkunde war, dann könnte Nori die Muse der Translation sein, wie Poincaré die Dynamik der zeitlichen Verschiebungen nennt. Sie müsste sogar eine höherstehende Gottheit sein, denn keine Translation von Poincaré – mahnt und mahnte der Wissenschaftler im Park von Miramare –, wie groß auch immer sie sei, führt über die gewöhnliche Raumzeit hinaus, und jegliches physikalische System in der gewöhnlichen Raumzeit bedarf einer unendlichen Zeit und der Lichtgeschwindigkeit, um über den Lichtkegel zum Unendlichen zu gelangen, während das, was mir zwischen Krems und dem Anruf aus Rom widerfahren ist, nur wenige bescheidene Monate gebraucht hat. Die Transformation auf dem Lichtkegel zum Unendlichen in die Region ohne Zeit ist nur physischen Systemen ohne Masse möglich, und wenngleich ich mit meinem noch recht agilen Körper zufrieden bin, kann ich nicht bestreiten, dass ich Masse besitze. Vielleicht aber habe ich sie wieder erworben, vom Lichtkegel zurücktransportiert in den Kegel des Schattens, und nun hat mich Nori niemals wahrgenommen …

DER PREIS

Das Abendessen ging zu Ende, bald würde die Zeit der Trinksprüche kommen, der Reden, der erneuten Glückwünsche an die Adresse des Gewinners. Auf dem Tischtuch waren ein paar Weinflecken, und hin und wieder tropfte Wachs von den Kerzen. Die Kellner waren im Begriff, neues Geschirr und Besteck zu bringen, ihre Arme senkten sich auf die Tischplatte und fuhren dann zurück, rasch wie Säbelhiebe, doch diese Geometrie fing hier und da an, sich aufzulösen, manche Gesten verhakten sich, und manche Gegenstände entschlüpften dem Raster der Ordnung, blieben zurück, der Trägheit und dem Zerfallen der Dinge überlassen. Er betrachtete den Teller seines Tischnachbarn, der, halb zur anderen Seite gewandt, lautstark irgendetwas Amüsantes erzählte, und beobachtete das Fett, das sich auf dem Grund des Tellers gesammelt hatte. Diese Soße war noch vor Kurzem gut und appetitlich gewesen. Wer weiß, wo und wann es zu dem ersten Riss gekommen war, ob an einem bestimmen Punkt, wann es den

Übergang vom gestärkten zum verschwitzten Kragen gegeben hatte.

Lanzani schenkte ihm nach, ignorierte sein resigniertes Kopfschütteln. »Es ist ein ganz besonderer Freisa, kommt aus der Nähe, nur ein paar Kilometer von Casale entfernt. Dass man in der ganzen Welt die französischen Rotweine mehr schätzt als die aus dem Piemont, beweist nur, dass wir es nicht richtig anstellen, dass wir im Krieg und beim Handel trotz allem noch Anfänger sind. Zum Glück wenigstens in der Liebe …« Serra lächelte höflich und sah ihn mit seinen wässrigen Augen an, die einmal blau gewesen waren. Er musste sich etwas anstrengen, um ihn richtig zu betrachten, um sein glattes schwarzes Haar zu sehen, die große Raubvogelnase, den gierigen, kühn geschnittenen Mund. Seit einiger Zeit kam ihm vor, er könne den Blick nicht auf einen einzelnen Gegenstand richten, sondern sehe über die Dinge hinweg, als wären sie durchsichtig, und verliere sich mit seinen kurzsichtigen Augen in einer farblosen Ferne.

Erneut lächelte er Lanzani an, ein trauriges, entschuldigendes Lächeln, weil es ihm schwerfiel, ihn in den Blick zu nehmen, seine dominierende Präsenz zu spüren. Ihm war bewusst, dass den begehrlichen, durchdringenden Augen Lanzanis nur wenige Details entgingen, auch wenn sie nur zu lachen schienen, etwas glasig vom Wein oder strahlend wegen irgendeiner Anekdote, die zwischen zwei Gängen erzählt wurde. Die Gerichte waren beachtlich, der Großzügigkeit Lanzanis würdig, wie auch der ganze Preis. Es war schwierig die Musen von ihrem Thron zu stoßen. Die Gesellschaften, die Lanzani gehörten, waren für den, der ihre Abkürzungen häufig hörte, so unerforschlich wie das Schicksal, und die Zeitungen, an denen er Mehrheitsanteile besaß, konnten dazu beitragen, dass ein Politiker seinen Posten verlor oder Gott aus einem Herzen vertrieben wurde, doch irgendetwas flößte ihm einen seltsamen Respekt für die Menschen ein, die harmlose, doch maßgebliche Worte zu Papier brachten. Der gut dotierte Preis, den Lanzani für junge Schriftsteller gestiftet hatte und der von einer über jeden Tadel erhabenen Jury verliehen wurde, war das Trinkgeld eines Chefs, aber auch die Weihgabe eines Gläubigen.

Der Gewinner hatte ein Kapitel aus dem preisgekrönten Roman vorgelesen, und nun wollte es der Brauch, dass andere ein paar eigene Seiten oder ein paar Gedichte vortrugen, ihm und auch sich selbst zu Ehren. Danach würde, der Tradition zufolge, der Ort gefeiert werden, an dem die Preisverleihung stattfand, Lu Monferrato mit seinen noblen Überlieferungen und seiner Kultur, und schließlich wäre er an der Reihe, gewissermaßen der Ehrengast, der den Anwesenden vorgeführt wurde. Serra hörte zu, die Lider leicht gesenkt. Er sah aus dem Fenster, auf die großen Berge, die die Nacht schon verschluckt hatte, nur auf den Gipfeln hingen noch ein paar Fetzen Abendlicht. Die Verse und die Prosa, die ein paar Meter von ihm entfernt vorgetragen wurden, drangen als Gemurmel an sein Ohr, waren kaum zu unterscheiden vom rhythmischen Brummen, verursacht durch den Bluthochdruck. Er ließ sich von dem gleichmäßigen Strom der Wörter einlullen, ohne die einander abwechselnden Stimmen und Wörter zu verfolgen. Es gefiel ihm, dass das Leben so regelmäßig, so gleichförmig verlief, dass ständig das eine das andere ablöste, wie die Mahlzeiten in seiner Pension und die allmorgendliche Rasur.

Es war ein wenig merkwürdig, den *genius loci* zu spielen in dieser Gegend, von der er nicht wusste, ob er sie die seine nennen durfte, obwohl er sie liebte, im Rahmen dessen, wie er das Verb zu konjugieren vermochte. Doch er fühlte sich gewiss nicht fehl am Platz, vor langer Zeit hatte er dieses Gefühl verlernt, ja er begriff nicht, wie man sich in dieser Welt wohl oder unwohl fühlen konnte. Dieser Aschenbecher zu seiner Linken, in den hin und wieder eine Hand die Zigarettenasche abstreifte, war weder am richtigen noch am falschen Platz, er war einfach nur da, zu seiner Linken.

»Und Sie, wann schreiben Sie? Ich meine, wann schreiben Sie im Ernst?« Lanzanis Neugier kam ihm unanständig vor, als hätte er ihn gefragt, wann und in welchen Positionen er gewöhnlich Liebe machte, doch er spürte, dass in der Frage Respekt, beinahe Ehrfurcht lag, der Wunsch, die Geheimnisse einer Aktivität kennenzulernen, die dem anderen rätselhaft erscheinen musste, während sie ihm stets eintönig und höchstens auf melancholische Weise beiläufig vorgekommen war. »Also ganz im Ernst, nie.« Lanzani lachte laut und schlug ihm auf die Schulter. »Sie sind wirklich eine Type, Sie gefallen mir, ein echter Schriftsteller, das sieht man gleich.« Im Ernst oder nicht, seit wie vielen Jahren schrieb er nicht mehr? Das Tal ohne Grund, über dem sich der Ort wie ein Drachen erhob, leicht wie sein Name, Lu, verwirrte ihn einen Moment, und um in der dunklen Leere, die er in sich spürte, Ordnung zu schaffen, ließ er vor seinem inneren Auge das Pensionszimmer, in dem er lebte, akkurat Revue passieren: das Bett, das Waschbecken, zwei, drei Bücherregale, den Sessel neben dem Tisch, den Kleiderständer, die Fotografie der Eltern, den Regenschirm, in einen Winkel gelehnt. Der Gedanke an den Schirm beruhigte ihn; wenn er den gekrümmten, glatten und robusten Griff in der Hand hielt, empfand er stets eine gewisse Gemütsruhe.

In diesem Zimmer befand sich alles, was ihm geblieben war. Der Rest … der Gedanke, dass es zuvor andere Dinge, viele andere Dinge gegeben hatte, und daran, wie sie verlorengegangen waren, war ein bisschen absurd. Freilich erinnerte er sich gut an das schöne Haus mit dem Garten und der kühlen Veranda, ein wenig außerhalb des Städtchens in Moldawien, wo sein Vater die Hutfabrik gebaut hatte. Die Mutter saß im Liegestuhl im Garten und las deutsche Bücher; der Vater erzählte ihm von Italien, wenn er abends heimkam, dem Land, das sie verlassen hatten und an das er sich kaum erinnerte, von den roten Türmen von Asti und den Hügeln des Monferrat, von dem Abschnitt, der das Tal des Tanaro vom Po-Tal trennt. Aus den frühen Jahren erinnerte er sich vor allem an eine rumänische Bäuerin, die sie im Sommer barfuß im Garten bediente, an ihren kräftigen gebräunten Hals, an den Rücken, den man sah, wenn die Bluse leicht verrutschte, wenn sie sich vorbeugte, um den Teller auf den Tisch zu stellen.

Was danach passiert war, war eine rasche, konfuse Abfolge von Ereignissen; die Rückkehr nach Italien bei Kriegsausbruch, der schwierige Wiederaufbau der Firma, in der er, noch ganz jung, die Stelle des vorzeitig gealterten Vaters eingenommen hatte, die Rassengesetze, der wirtschaftliche Niedergang, der neue Krieg, die Flucht, der gelbe Stern, von den Eltern der eine im Bett gestorben, die andere irgendwohin verschwunden, ein Aschestäubchen im Holocaust; und wieder in Italien, das Leben, das sich viele Jahre lang hinschleppte in großen grauen Gebäuden, darin jede Menge Papier, das mit der Maschine zu beschreiben und zu stempeln war, schließlich der Rückzug in jene Pension in Lu Monferrato, an die Orte, von denen er zuweilen nicht wusste, ob er als Kind von dort weggegangen war oder ob man ihm nur davon erzählt hatte. Ja, er hatte ein paar Bücher geschrieben, spät, aber vielleicht ganz ordentliche, die einige Jahre zuvor eine bescheidene, doch unbestreitbare Resonanz erfahren hatten – möglicherweise, dachte er, weil jüdischen Geschichten nach dem Krieg ein Mindestmaß an Erfolg beschieden war.

Neben ihm sprach Lanzani von Abendessen und Reisen, brachte hin und wieder zwanglos Namen ins Spiel, die Serra vage aus der Zeitung kannte. Professor Ribaudo, der sich mit der Geschichte Italiens befasste, hatte kurz Schwester

Angela Vallese erwähnt, die erste Missionarin in Feuerland, gebürtig in Lu Monferrato, und als Serra aufstand, um seinen Text vorzulesen, dachte er sehnsüchtig an fremde Wälder und Flüsse, an den dunkelgrünen Schatten großer Bäume, der mit den Kanus vorbeizog. Seine Geschichte erzählte von einem, der als ganz junger Mann Wärter in einer Art Lager auf einer Insel in der Adria gewesen war und dreißig Jahre danach mit einer viel jüngeren Frau, die er kurz zuvor geheiratet hat, auf die Insel zurückkehrt. Es kamen Spaziergänge vor, Zikaden, Eidechsen, die zwischen den Felsen dahinhuschten, dort, wo der Mann einst Folterknecht gewesen war, das gealterte Gesicht einer Bäuerin, Schrecken und Zauber des Sommers, eine drastische erotische Szene zwischen dem Paar, die ihm jetzt beim Vorlesen etwas peinlich war, weil er merkte, dass es sich um Dinge handelte, die er im Grunde nicht empfunden hatte.

Der Applaus war aufrichtig, und Serra fühlte sich geschmeichelt, nicht ohne sich dafür zu schämen. »Phantastisch, großartig!«, rief Lanzano. »Es ist ein Jammer, dass nur wenige Sie kennen. Man muss unbedingt etwas tun. Wenn man sich natürlich viele Jahre lang hier verkriecht … Ein bezaubernder Ort und ruhig, ich beneide Sie, aber … eine Abendveranstaltung in Rom, besser noch, in Paris, ich weiß schon, wem ich einen Wink geben muss.« Die Gesichter der Tischgenossen waren gerötet. Ein leichter Wind vom Fenster her versetzte die Lampen in Schwingung, ein Schatten zuckte hin und wieder auf den Dekolletés und zeichnete für einen Moment dunkle Linien auf junge, gepflegte Haut. »Oh, ich würde mich freuen, wirklich, es ist schon so lange her … aber vielen Dank, ich kann nicht, nicht mit diesem Bein …« Und Serra klopfte scherzhaft mit dem Stock gegen das Bein. »Reisen ist so anstrengend für mich, in den Zug steigen …«

Lanzani betrachtete demütig den Stock und erinnerte sich an die Hirtenkönige, von denen er irgendwo gelesen hatte. »Aber doch nicht mit dem Zug, keine Sorge, mit dem Flugzeug natürlich, mit meinem, ich lasse Sie abholen.« Serra dachte an den alten Turm von Lu, aufgerichtet wie eine Flagge über dem Ort, und an die Vögel, die er gern beobachtete, wenn sie abends immer zur selben Zeit um den Turm flogen oder sich in die Höhe schwangen, hinabstürzten und in jenem dunklen Himmel verschwanden. Er fühlte sich, ohne zu wissen warum, ein wenig zu Hause. »Danke, sehr freundlich«, erwiderte er und merkte mit Unbehagen, wie gleichgültig seine Stimme klang, »aber auch mit dem Flugzeug ist es schwierig für mich, wissen Sie, die ganzen Stufen, das Umsteigen, ich glaube, das muss wirklich nicht sein …«

»Hören Sie« – Lanzani, beschwipst und erhitzt, schlug mit der Faust auf den Tisch, nicht gewohnt, über nichtige Hindernisse zu stolpern –, »das ist doch nicht möglich, es wird bestimmt einen Weg geben, man braucht nur zu wollen, es ist ein Verbrechen, dass Ihr Buch … stellen Sie sich nicht so an, was verlangen Sie, einen Schlitten, einen Heißluftballon, einen Hubschrauber?« Das Kichern der Tischnachbarn störte Serra, doch als er in das volle, glänzende

Gesicht Lanzanis sah, dem es zu gefallen schien, das große Wort zu führen, hatte er den Eindruck, der breite Mund verziehe sich beinahe schmerzhaft. »Der Hubschrauber wäre ideal«, erwiderte er in möglichst lebhaftem Ton, »aber was würde die Pensionswirtin zu dem Krach sagen … wenn Sie sie kennen würden, wissen Sie, eine von diesen fürchterlichen Frauen …«

»Den Typ kenne ich, den gibt's im Leben jedes armen Christenmenschen, und nicht nur einmal … in Ordnung, wir werden sehen. Jetzt gehen wir erst mal schlafen.« Lanzani zögerte, unsicher wie jemand, der Zeit gewinnen will. »Mögen Sie die Lieder von Gino Paoli?«, fragte er ihn unvermittelt.

»Ich kenne ihn nicht, aber sie sollen sehr schön sein«, erwiderte Serra mit der freundlichen Gleichgültigkeit, die er gegenüber dem Universum an den Tag legte.

»Ich schenke sie Ihnen, ich lasse sie Ihnen schicken. Sie werden sehen, sie sind phantastisch.«

»Das bezweifle ich nicht, danke, ich werde sie mir gern anhören.«

»Haben Sie denn einen CD-Player oder wenigstens einen Plattenspieler?«, fragte das Mädchen, das mit Lanzani gekommen war.

»Leider nein«, sagte er in versöhnlichem Ton, »aber das macht nichts, ich kann mir einen leihen.«

Lanzani sah ihm direkt in die Augen, dann stand er auf und streckte ihm die Hand hin. »Noch einmal vielen Dank, dass Sie gekommen sind, ich hoffe, Sie wiederzusehen, und wenn ich etwas für Sie tun kann …« Serra drückte ihm die Hand und empfand für einen Augenblick ein vages, unbekanntes Schuldgefühl. Er sah sich um.

»Wollen Sie mitfahren? Ich bringe Sie nach Hause«, fragte einer der Lyriker, die er kurz zuvor angehört hatte.

»Gern, aber ich will Ihnen keine Umstände machen, ich kann auch ihn fragen …« Und er wies mit dem Stock auf Lanzani, der am Weggehen war, und ärgerte sich, dass ihm in diesem Augenblick der Name nicht einfiel.

»Nicht doch, Sie liegen auf meinem Weg, kommen Sie.«

Serra stieg mit Mühe in das Auto und, noch mühevoller, eine halbe Stunde später aus. Die Pension war dunkel und still, nur an der Rezeption war das Licht noch an. »Ein schöner Abend, nicht wahr?«

»Sehr schön, wunderschön.« Es gehörte sich, etwas über die Gedichte des höflichen Begleiters zu sagen, und er suchte nach ein paar passenden Worten. Das bisschen, das er hatte verstehen können, schien ihm banal, der Rest unverständlich. »Natürlich haben sie mir gefallen, Ihre Gedichte, wie soll ich mich ausdrücken, sie enthalten komplexe Dinge … Es ist meine Schuld, ich bin alt, seit Jahren lese ich nur noch wenig, verfolge die literarischen Tendenzen, die neuen Strömungen nicht … Wenn Sie mir den Band schicken, werde ich ihn mit großem Interesse lesen, ein paar intensive, ungewöhnliche Bilder sind mir aufgefallen …«

Das Auto war weggefahren, und nach ein paar Versuchen steckte Serra den Schlüssel ins Haustürschloss und trat ein. Ja, ja, das sind wohl die neuen literarischen Tendenzen … je nun, auch die werden mit der Zeit überholt sein, sagte er sich und stieg langsam die Treppe hoch.

AUSSEN TAG – VAL ROSANDRA

Außen, Tag – Val Rosandra, Flussufer. Das kleine Team dreht gerade eine Szene. Die Maskenbildnerin legt letzte Hand an bei den Schauspielern, einem jungen Mann und einem Mädchen. Ja, das Alter stimmt ungefähr, unser Alter, mein Alter von damals, denkt der alte Mann, der abseits auf einem Stein sitzt und die umherwuselnden Leute betrachtet, die sich gegenseitig ins Wort fallen. »Hast du die 24?« »Nein, du hast mir gesagt, die 25.« »Die 24, mach schnell!« »Ist okay.« »Los, los jetzt!« »Kamera!« »Kamera läuft!« »Szene 19, Take 2.« »Action!« Jetzt beginnen, unterhalb von ihm, nah beim Fluss, die beiden Schauspieler die Szene zu wiederholen und steigen die Geröllhalde wieder hoch, das Mädchen ein Stück weiter vorn. Er aber blickt vor allem über sie hinweg nach hinten, wo das Flüsschen sich zu einem Becken unterhalb des Felsens verbreitert, von wo er als kleiner Wasserfall hinunterstürzt, weiß wie Schnee und unten, im Becken, sofort grün, ein dunkles Licht.

Wie oft ist er diese Felsen hinaufgeklettert, auch mit ihr damals, einmal waren sie sogar allein oder fast allein, die beiden anderen Freunde waren noch unten, waren ferne Stimmen. Er ist neugierig darauf, wie der es anstellen wird, der Schauspieler, der seine Rolle von vor vielen Jahren, ja, Jahrzehnten, spielen soll. Aber vor allem beschaut er gern den changierenden Schimmer des Wasser und der Spiegelungen. Das Auge, hat dieser Kollege damals in einem vielgerühmten Vortrag gesagt, erkennt, wenn es sieht; die Bilder, die zur Netzhaut gelangen, sind ein Buch oder auch Bruchstücke eines Buchs, das im Gedächtnis bereits geschrieben und im Schatten irgendeines vollgestopften Regals abgestellt wurde, wo sie dann wieder auftauchen. Auch sie hatte grüne Augen, wer weiß, welche Farbe sie inzwischen hatten. Auf jeden Fall gab es sie noch irgendwo, das hatte ihm der Regisseur gesagt, der sie zu kontaktieren versucht hatte, auch sie war übriggeblieben von dem Quartett von Studenten aus dem hundertprozentig italienischen Gymnasium im österreichischen Triest.

Grau ist alle Theorie und grün des Lebens goldner Baum, sagte er sich, als er nach Hause zurückgekehrt war und in seiner Bibliothek saß. Er fragte sich, warum ihm die geliebten unsterblichen Zeilen, die er so oft vor seinen Studenten wiederholt und kommentiert hatte, nun fast Unbehagen bereiteten, sodass er sich am falschen Ort vorkam, eine richtige Person am falschen Ort oder umgekehrt. Immergrüne Vitalität, Leben, das blüht und sich nicht darum schert, was verblüht und verwelkt; Wurzeln sorgen dafür, dass ein Baum belaubt wird und groß, der dann weniger robusten Bäumen Platz und Licht wegnimmt; sie spalten das Erdreich, entwurzeln Büsche und bringen Steine ins Rollen, manchmal reißen sie Straßen auf. Um wie viel beruhigender das Grau der Theorie, auch wenn sie entsetzliche Dinge aufdeckt; das Grün von Wäldern, die zu Papier wurden, angenehm und glatt in der Hand anzufühlen, die es umblättert, ordentliche Pflanzen in einem Botanischen Garten. Exakte Sätze disziplinieren das Chaos, das sie untersuchen, das Wort Beben bringt nicht Häuser und Städte zum Einsturz. Und die Seiten altern wie die lebendigen Dinge; sie bekommen Eselsohren, knittern, verwelken. Wie meine Haut, denkt er, während er seinen runzligen Handrücken betrachtet.

Er liest noch einmal im Drehbuch die Szenen nach, die er bei den Dreharbeiten im Val Rosandra gesehen hat, zwischen dem Fluss und den Felsen. Action! Die Stimme des Regisseurs erinnert ihn an die Kommandos, die die Offiziere in den Schützengräben des Großen Krieges riefen. »Die jungen Leute fangen an, wieder hinaufzusteigen, diesmal langsamer als beim ersten Mal. Die Kamera nimmt den Blickwinkel des Jungen ein, vergrößert in Nahaufnahme einen Busch mit roten Blüten, wendet sich dann dem Mädchen zu, das auf einem nassen Felsblock ausrutscht, einen Schrei ausstößt, beinahe nach hinten stürzt. Der Junge hält sie an den Armen fest, sodass sie nicht fällt, seine Hände gleiten über ihre Hüften, dann berühren sie ihre Brüste, und mit wollüstigem Blick drückt er das Gesicht an ihren

Hals; das Mädchen wendet den Kopf und erwidert komplizenhaft und unbeschwert seinen Blick, schließt dann halb den Mund.« Er hat es ihm gleich gesagt, dem Regisseur, dort zwischen den Felsen. »Nein, nein, das geht nicht. Ehrlich gesagt wäre mir so etwas nie im Traum eingefallen damals, eine so vertrauliche Geste gegenüber einem Mädchen. Natürlich hätte mir das gefallen, aber zu jener Zeit … das war damals nicht so. So etwas tat man einfach nicht. Auf jeden Fall nicht so … nicht so vorschnell … Und dann dieser durchtriebene Blick! Ein anständiges Mädchen, eine Gymnasiastin hätte einem eher eine geschmiert oder zumindest so getan, als ob. Nein, das war damals nicht so. Sie müssen sich vorstellen, dass man sich seinerzeit in der Schule noch oft gesiezt hat, zumal ein Mädchen! Ich sage nicht, dass das richtig oder besser war, überhaupt nicht … Aber Sie haben mich gebeten, ich solle erzählen, wie es damals war. Ich verstehe, um Fehler zu vermeiden, unangebrachte oder zu jener Zeit nicht vorstellbare Verhaltensweisen … Dinge, die eine junge Römerin von heute tun würde, aber nicht eine Deutsch-Triestinerin um 1910 …« »Ist doch klar«, hatte der Regisseur eilfertig erklärt, »wir zeigen keine römischen Legionäre mit Armbanduhr wie in *Scipione l'Africano*.«

Er hatte wenig Notiz von dem Regisseur genommen, umso mehr vom Blick der jungen Schauspielerin, die anschließend dazu gestoßen war. Der Blick war spöttisch, aber auch neugierig, fast liebevoll – oder bildete er sich das nur ein? Große grüne Augen wie die ihrigen damals, ein blasseres, nein, ein helleres Grün. Wie war sie, damals im Val Rosandra? Das war es, was der Regisseur wissen wollte, um die Atmosphäre jener Jahre zu rekonstruieren, Gesten, Geschmack und Verhaltensweisen einer Generation, die zwar gar nicht so lange zurücklag, deren Wesensart aber der Große Krieg und die chaotische Nachkriegszeit erschüttert und ausgelöscht hatten wie die Welt vor der Sintflut. Er hatte diese Sintflut erlebt, die zerschmetterte Arche hatte ihn an Land gebracht, zwischen unzähligen Leichen – und das Land war zu einem Meer von Blut geworden, vom Karst bis nach Verdun und Lemberg, Grab der Völker … So viele Tote. Und warum nicht ich?, fragte er sich oft, zwar froh, den Hekatomben auf dem Karst entronnen zu sein, doch ohne mehr recht zu wissen, wer denn nun der Mann war, der seinen Namen trug, und er fragte sich, ob nicht vielmehr der Mann zurückgekehrt war, der in diesen drei Kriegsjahren einen anderen Namen gehabt hatte, den fiktiven, den er sich gegeben hatte, als er sich freiwillig zum italienischen Heer meldete, um nicht als österreichischer Untertan, als Triestiner erkannt zu werden, falls er in Gefangenschaft geriete, als Verräter und Deserteur, für den Galgen bestimmt. Vielleicht war in Wirklichkeit keiner von beiden zurückgekommen, weder der mit der Silbermedaille ausgezeichnete Soldat noch der nach der Unabhängigkeit strebende Student, der jener Soldat hatte werden wollen; wer immer von beiden es war, er hatte nicht die Erde erkannt, auf die ihn die Arche abgesetzt hatte, so wie der große Fisch Jona auf dem Strand ausgespuckt hatte.

»Wie war die Zeit damals?«, hatte ihn der Regisseur in der Gastwirtschaft nahe der Brücke über dem Fluss gefragt, der nach dem kleinen, doch stürmischen Wasserfall nur noch dahinplätscherte. Aber wenn es diese Zeit nicht mehr gibt, wenn sie nicht mehr existiert, kann man dann sagen, was sie war und wie sie war? Das Nicht-Sein ist nicht, sagte im Hörsaal neben dem seinen sein Kollege, der Philosophieprofessor, es ist nie gewesen. Und ich? Aber trotzdem … Zu Hause liest er das Drehbuch mit dem Bleistift in der Hand, um das, was nicht geht, am Rand zu markieren. Natürlich ist er an andere Lektüren gewöhnt. Schließlich hat ihm sein Essay über den *Doktor Faustus,* einer der ersten über diesen dämonischen und eleganten Roman, einen berühmten lobenden Brief von Thomas Mann eingetragen, und er, der sich mit Goethe und Rilke befasst und an der Prager Karlsuniversität studiert hat, wo der große August Sauer gelehrt hatte, ein Meister der deutschen Sprachwissenschaft vor dem Großen Krieg, könnte unter Umständen kein unvoreingenommener Leser von Drehbüchern sein, mit ihren vorhersehbaren Dialogen, den trockenen Anweisungen und effekthascherischen Empfehlungen. Doch er weiß, dass dieses Büschel Sumach, die leidenschaftlich roten Blätter, die in den Anmerkungen zum Drehbuch so banal sind, auf der Leinwand lebendig werden, in der unerforschlichen Intensität ihres kurzen Daseins vibrieren, dessen Geheimnis kein Wort, auch nicht die klugen syntaktischen Bögen eines Thomas Mann ergründen können.

Er blättert im Drehbuch. Sie, die Wienerin mit der Zigarette im Mund und den vom Wind zerzausten Haaren, sie ist der Wind; ihr Fuß, wenn sie den Schuh auszieht, der Schnee auf ihrem Haar. Und wenn sie die Schneebälle von Hals und Brust abschüttelt. Und die Jungen schreien »Nieder mit Österreich!« und sagen, dass die Frauen nichts taugen, bloß um sich als richtige Männer zu präsentieren …

Er liest die Geschichte mit Interesse, zuweilen auch mit Rührung, und fragt sich, ob es auch wirklich die seine ist oder zumindest die von ihnen vier, also auch die seine. Ihre wahre – wahre? – Geschichte ist jetzt verworrener und weiter weg als die, die nun für den Film zu Papier gebracht wurde. Zeitschichten schieben sich zwischen ihn und seine, ihre gemeinsame Geschichte von damals; Durchschlagpapier mit einer Schrift, die immer mehr verblasst im Vergleich zum mutmaßlich originalen Blatt. Dieselbe Geschichte, nein, nicht dieselbe, einmal ist sie eher vage, dann wieder drängt sie sich auf, ein Abschnitt ist unleserlich, ein anderer deutlicher. Andere Worte, andere Dinge überlagern in seinem Kopf jene, die er gerade liest; sie sind nicht sehr viel anders, sind fast dieselben und dann doch nicht dieselben, auf schmerzliche Weise anders. In jenem Jahr im noch habsburgischen Triest, nicht lange vor Beginn des Großen Krieges, und sie zu viert in jenem Jahr, als sie den Ausflug ins Val Rosandra machten, als es ihm, gemeinsam mit ihr, gelungen war, die anderen beiden abzuhängen – für gar nichts letztlich. Oder jedenfalls fast gar nichts. Ja, damals machte man so etwas nicht … Und ein paar Jahre später der Krieg, die Schützengräben auf dem Karst, hundert Tote, um eine bestimmte Höhe zu erstürmen, noch einmal hundert, um das gewonnene Terrain zwei Tage später wieder zu verlieren, seine Soldaten waren völlig durchgedreht, nachdem sie ihre Kameraden verloren hatten, zu sechst hatten sie es auf die Position in der Felswand geschafft, wo nur ein österreichischer Offizier übriggeblieben war; hundertsieben waren zum Angriff ausgerückt, sie waren drauf und dran, diesen einzigen Überlebenden mit dem Bajonett zu erstechen, und er, ihr Leutnant, hatte sie mit gezogener Pistole daran hindern müssen. Sie trafen sich nach dem Krieg noch einmal wieder, er mit seiner Silbermedaille und der überlebende Österreicher; die eigene Haut gerettet zu haben ist nicht weniger wert als eine Medaille, umso mehr, als er die Medaille nie trug, seit die Faschisten unterwegs waren und Köpfe einschlugen und Italien und dessen Namen beschmutzten. »Sie haben mein Leben gerettet«, sagte der ehemalige Feind zu ihm; er stammte aus Graz, wer weiß, welches Ende er genommen hat, wenn er überhaupt ein Ende genommen hat.

Ja, der Große Krieg ist ein dichter Schleier zwischen ihm und den Dingen von damals und nicht nur von damals; besonders zwischen ihm und ihm selbst, dem Selbst jener Jahre, die für die Zukunft so offen schienen, einer Zukunft des Friedens und der Brüderlichkeit, die sie sich erträumt hatten, mit den Slawen, die derselben Erde entstammten und an demselben Meer siedelten, dem Mare Nostrum, Jadransko More, und mit den anderen Völkern, in einem freien und befriedeten Europa. Und für diesen Traum hatten sie sich selbst und Millionen anderer opfern wollen, auf einem großen Scheiterhaufen, den man besteigt, um wie ein König zu sterben. Ein besiegter König. Mare Nostrum und Jadransko More, wo die Wellen noch wilder als zuvor ans Ufer schlagen.

»Wissen Sie, warum mein Sohn Adam heißt?«, hatte ihn der Mann gefragt, den er vor der Wut seiner Soldaten gerettet hatte. »Als ich von Graz aus an die Front aufbrach, war meine Frau schwanger, und ich sagte zu ihr, wenn es ein Junge würde, sollte er Adam heißen, denn das sei der letzte Krieg in der Geschichte, nach dem ein neues Eden entstehen würde und ein neuer Adam, ein neuer Mensch, Bruder aller Menschen.« Das haben auch wir geglaubt, denkt der alte Mann. Tja, der neue Adam, das faschistische Italien, Hitler, Stalin, Auschwitz, die Risiera, das einzige Krematorium, das es in Italien gegeben hat. Überall verführerische Schlangen im neuen Garten Eden – der Karst, Galizien, die Somme, blutgetränkte irdische Paradiese, danach kamen andere, noch teuflischere. Damit kennt er sich aus, der berühmte Gelehrte, der den *Doktor Faustus* studiert hat; was hat er nicht schon alles gesehen, schönrednerische Dämonen, abgerissen und wahnsinnig oder im Doppelreiher, hypnotisierte Hypnotiseure, ein schwarzes Gewusel von unter Drogen stehenden Ratten, die dem Pfeifer hinterherlaufen und ihn zu ihrem Schlachthaus schubsen und unterwegs alle, die ihnen begegnen, zermalmen.

Nein, aus den Kriegstrümmern war kein echtes neues Leben entstanden, kein freier Ort für freie Menschen – mit wie viel Nachdruck hatte er seinen Studenten diese Worte des alten Faust vorgelesen, wie oft hatte er sie wiederholt, diese Worte, die ihn so begeistert hatten, die sie so begeistert hatten, als sie sie im Gymnasium gelesen hatten, die Vision dieses alten Mannes, der nun von Neuem alt war, nachdem er von einem Betrüger verjüngt worden war. Nicht von ungefähr ein Teufel, der insgeheim alles verneinte, sich aber damit vergnügte, alle davon zu überzeugen, dass sie ja sagen müssten, ja zu allem, und mit Begeisterung – die Soldaten marschieren fröhlich singend dem Schlachtfeld entgegen, dieses Bataillon ist bereits niedergemäht, doch schon rückt ein anderes vor, die Männer singen und sagen ja … Ja zu dieser Kur von Voronoff, du bist alt, du wirst jung, wirst von Neuem alt, mit deiner neuen befreiten Erde, nicht wichtig, von wem und von was befreit, abgesehen davon, dass man wenige freie Männer sieht, eher sind es Sklaven und Henkersknechte und Sklaven, die sich von den Ketten befreien, um Henkersknechte zu werden. Ja, dem Meer Land zu entreißen, davon phantasierte in der Tragödie der verjüngte Alte, der nun von Neuem zum Greis geworden war, und wenn zwei alte Eheleute das Häuschen, in dem sie glücklich ihrer Liebe gelebt haben, nicht seinem grandiosen Projekt überlassen wollen, dann kümmern sich seine Helfershelfer darum, die Macht findet immer welche. Und das kleine Stück Scholle im Nutzgarten soll dem großen Erdreich für die Kathedralen der Zukunft im Weg stehen, die an die Wolken stoßen, Riesenfabriken, Fernsehtürme – und ein kleines Stück Scholle, das Holzhäuschen zweier alter Leute, soll die Zukunft aufhalten? Das geht schnell, gleich ist sie befleckt vom Blut, das rasch trocknet und verdunstet. Und wenn Messer und Bomben nicht genügen, wie in der primitiven Zeit meiner Jugend in den Schützengräben, hält der Verführer viele Bündel Papier bereit, Papiergeld, das schärfer schneidet als Schwerter – häufiger schneidet man sich an Papier als mit dem Messer –, und die befreite und aus dem Meer aufgetauchte Erde wird sofort in großem Stil aufgerissen, Bäume und Wälder fallen, und alle sind zufrieden, dass sie in großem Stil betrogen werden.

Zugegeben, das Schlimmste ist zwar danach gekommen, beispielloser und namenloser Schrecken, doch immerhin hatte das Sterben und das Töten einen Sinn, damit nicht die ganze Welt zu Auschwitz würde, während wir und sie, auf dem Karst, in Verdun, an den Masurischen Seen, alle gleich, alle gut, alle gerecht, alle den Krieg zum Wohle aller führten. Als er das begriffen hatte – das Böse, das aus dem Guten entstand, die Lüge, aus Liebe zur Wahrheit ausgesprochen –, hatte er sich ganz entleert gefühlt, ein leerer Sack, der nicht von allein stehen kann. Dann fiel die Zukunft herab wie eine Guillotine, der Vorhang schloss sich nach der Aufführung, und sie standen zu viert hinter dem Vorhang, auf der leeren Bühne – nein, zu dritt, sie war zwischen den Falten des Vorhangs davongeschlüpft, hatte sich unter die Menge gemischt, vielleicht bis zum heutigen

Tag. Ja, hinein in ein warmes, schwitzendes Gedränge, aber doch ins warme Leben, nur wir waren allein, verschwunden, unauffindbar im verlassenen Theater. Nicht einmal bloße Masken, sondern Requisiten, aufbewahrt im Fundus des Theaters, kaum ein Unterschied zwischen ihm und den beiden anderen Freunden, die inzwischen das Zeitliche gesegnet haben.

Ein paar Jahre nach dem Krieg hatte einer von ihnen – er war mit einer Goldmedaille ausgezeichnet worden, und auch er hatte sie dann in eine Schublade gelegt, als die Schwarzhemden auch noch die Trikolore schwarz gefärbt hatten – ihre Geschichte aus dem Aquarium der Vorkriegszeit gefischt, und alle vier waren zu Figuren in einem guten, recht erfolgreichen Roman geworden. Eine weitere Schicht zwischen ihm und ihm selbst; die Seiten, in denen man seine Geschichte von damals lesen kann, sind ein Wandschirm geworden, eine Decke zwischen ihm und seinem Leben. Es ist gewiss nicht die Schuld des Schriftstellerfreunds gewesen, des besten von ihnen drei; der Roman ist schön, eindrucksvoll, doch er hatte das Gefühl, als er ihn voll Bewunderung las, dass auch diese Seiten ihm ein wenig von seinem Leben weggenommen haben, ein schönes Porträt, hinter dem sich das Gesicht verbirgt.

Und nun der Film, das Zelluloid, noch eine Schaufel voll Erde auf sein Leben, auf ihrer aller Leben. Ihre Gesichter sind andere, es sind andere Stimmen. Er fragt sich, wie es die anderen beiden aufgenommen hätten, wenn sie, wie man so sagt, noch unter uns weilen würden, der Schriftsteller, der das eigene Leben und das der anderen umgeschrieben und umgearbeitet hat, und der Dritte, der sich ihretwegen fast erschossen hätte und dann fast sechzig Jahre später in seinem Bett starb. Ein großartiger Übersetzer – deutscher Literatur, versteht sich. Ja, das Übersetzen; eine andere Art des Schreibens, eine Suche nach Wahrheit, bei der stets eine etwas andere, notwendig gefälschte Wahrheit aufgedeckt wird. Die Wahrheit lügt immer ein bisschen. Und dann der Schuss … wer weiß, wie das im Film klingen wird. Nein, die beiden Freunde, die vor langer Zeit auf einem Erkundungsgang verschwunden sind, hätten sich nicht gern am Set gesehen, und dann noch auf der Leinwand, mit anderen Gesichtern, anderen Stimmen, anderen Gesten. Ihm hingegen gefällt es, er ist sogar neugierig, ein wenig reizt ihn dieses Spiel mit der Aufspaltung, und insgeheim ist er auch geschmeichelt, selbst wenn er nicht so richtig weiß, womit er sich brüsten könnte. Er ist kein altmodischer, nostalgischer Professor, es ist ihm ganz recht, dass zu den neun Musen noch eine zehnte kommt und ein anderer in seine Haut schlüpft. Noch weniger stört ihn die Begegnung mit dem Schauspieler, der seine Jugend darstellen soll. Es ist ein beliebiger junger Mann, er weiß nichts von jener Epoche und begreift letztlich nicht die Geschichte, die er vorträgt; allerdings hat auch er damals nicht viel mehr begriffen, und wenn er seinem Selbst aus jener Zeit zufällig begegnen könnte, würde es ihm genauso zerstreut und fremd wie der Schauspieler vorkommen. Aber trotzdem …

Nein, er ist nicht sein Doppelgänger, er ist ein anderer. Genau genommen sind es zwei andere: einer auf diesen fotokopierten Seiten und bald auch noch ein anderer in den Szenen im Film – der Regisseur hat ihm ein paar gezeigt, man wird nicht recht schlau aus den unzusammenhängenden Teilen. Jedenfalls ist er, wie er nun im Sessel zu Hause in seiner Bibliothek sitzt, weder der eine noch der andere, weder der junge Römer, der ihm wirklich nicht wie Clark Gable vorkommt, noch diese mittlerweile nicht mehr greifbare Person, die er einst war und nun nicht mehr ist. Auch den alten Faust hätte der Schlag getroffen, hätte man ihm gesagt, dass der verantwortungslose junge Rüpel, der Gretchen ruiniert hat, er selbst gewesen war, umgemodelt und leicht verändert. Der junge Mann wiederholt am Set wieder und wieder die gleiche Szene zum Ärger der Schauspielerin, die sich viel besser anstellt … Schließlich war es aber auch damals so gewesen … Drei linkische Grünschnäbel, den Kopf voller Hirngespinste und Bücher, und eine Frau … Wer weiß, was sie eigentlich dachte und fühlte … Ja, er ist sich der Gehemmtheit von damals wohl bewusst, oder vielmehr, korrigiert er sich zum Trost, dessen bewusst, was heute wie eine echte Gehemmtheit aussähe oder vielmehr wäre. Vielleicht hätte ihr damals so einer auch gefallen können … Ich aber …

Sie hat jedenfalls den Regisseur nicht treffen wollen. Nach dem letzten Jahr am Gymnasium hat sie in Wien und Berlin studiert, sie ist Psychiaterin geworden, Kinderpsychiaterin, in den Jahrzehnten, die in ganz Europa die Welt dieses Gymnasiums zerstörten, und hat in verschiedenen Ländern gearbeitet. Aber als sie mit dem Regisseur telefoniert hat, mit fester, freundlicher Stimme, war sie nicht zu bewegen – ich erinnere mich noch an alles von damals, sogar sehr gut, aber ich erinnere mich nicht gern daran und rede nicht gern darüber.

Über achtzig Jahre alt und kein Bedauern, keine Nostalgie und keine sentimentale Absolution der verflossenen Zeit; keine Spur von jener gerührten Haltung gegenüber der Vergangenheit, die vergisst und die einstigen Konflikte zu einer einzigen Betroffenheit verschmilzt. Der Regisseur war enttäuscht, das hat er ihm auch gesagt, jedoch fasziniert ihn diese Verweigerung auch, und er dachte, zumindest hat er das erzählt, dass ein Film über Triest vielleicht auf diese stets offene und schmerzliche Präsenz der Vergangenheit verweisen sollte, auf die Unmöglichkeit, dass die Dinge abgemildert werden und die Wunden verheilen und sich von der blutigen Unordnung der vergehenden Zeit in den geordneten Frieden der bereits vergangenen Zeit verwandeln. Noch ist alles gegenwärtig, senil, doch offen und unreif.

Die Triestiner Zeiten folgen nicht aufeinander, sondern reihen sich nebeneinander auf, wie die Überreste von Schiffbrüchen, die das Meer am Strand hinterlässt. »Nebeneinander«, sagte der Regisseur, der pflichtschuldig seinen Joyce gelesen hat; Zeit, die zu Raum wird, Ereignisse, die nahe beieinander akkumuliert werden, das Magazin der Geschichte oder – fügte er hinzu, mit seiner *déforma-*

tion professionelle – ein Depot von Filmrollen mit ihren Geschichten aus verschiedenen, zu verschiedenen Zeiten gedrehten Epochen oder solchen, die nahe beieinanderliegen, geschnitten werden müssen und leicht durcheinandergeraten.

Der Regisseur, der ihn besucht hat, um ihm ein paar Beobachtungen und ein paar Erinnerungen zu entreißen, ist wieder gegangen. Auch er möchte das Haus verlassen. Er bleibt nicht gern allzu lange daheim, nimmt die alte Ausgabe des Romans und die losen Seiten des Drehbuchs und geht ins Café. Hier hat sich die Zeit noch mehr verdichtet, zu deutlich unterscheidbaren benachbarten Klumpen; man bewegt sich zwischen den Tischen und den Gästen, betritt eine Epoche und verlässt sie wieder. Draußen, auf dem Meer, weht der Wind die Wolken weg, kräuselt die Wellen und vertreibt nacheinander die Schaumkronen, hin zu einem klaren Horizont; Licht von nordischer Ferne, Transparenz des Lebens, nichtiges Versprechen all dessen, was fehlt. Im Café ist man vor diesem Licht und diesem Wind geschützt, vor diesem Horizont, der sich auflöst, und es liest sich hier drin angenehm, was draußen nicht möglich wäre, nicht nur, weil der Wind die Blätter durcheinanderbrächte.

Das Buch ist in seinen Händen, die Zeilen auf der Seite sind ein Netz mit allzu feinen Maschen, sodass der schlammige Fluss der Zeit, der unter diesem Gitter dahinfließt und stockt, nicht gefiltert werden kann. Das Drehbuch ist eine zerfledderte Fotokopie, die wenigen Wörter und Zeilen auf jeder Seite sind von großen weißen Stellen unterbrochen, aus diesen schmucklosen leeren Stellen läuft das ungestalte Dahinfließen der Jahre, die einander folgen und sich in einer opaken Masse verdichten.

Dort unten, in jenem Raum unter den weißen Blättern, der nun beleuchtet ist und in dem die Schauspieler agieren, war die Erwartung der Zeit, des künftigen Lebens. Die Schule ging zu Ende, danach käme das Leben; nicht nur das persönliche Leben eines jeden, sondern das von allen. Nicht nur die Liebe zu dem Mädchen hatten er und die Freunde geteilt, sondern auch etwas Größeres, den Traum von der Zukunft, von einem großen Leben des Geistes, das wie der Enzian zwischen den trockenen Steinen des Karsts aus ihrer geschäftigen, buntgemischten und patriotischen Stadt erblühen würde. Teilweise war das dann auch passiert, wie die Literaturgeschichten berichteten, die ihre Namen erwähnten – auch das war bloß Papier, das natürlich zerknüllt und weggeworfen würde, in den Papierkorb. Ganz ordentlich. Während dieser Schmierenschauspieler bestimmt die Kippen auf den Boden wirft. Gütiger Gott, nicht dass …

Grünes Leben, von vielen Meistern angekündigt, die sie gemeinsam gelesen und über die sie diskutiert hatten, ihrem Nietzsche, ihrem Ibsen und anderen Propheten, über deren Texte sie ihre Tage, ihr Leben aufs Spiel setzten, indem sie die Schale von ihrer Seele entfernten, um das Herz zu finden, das Zentrum, das auch nur eine letzte Schale ist, die entfernt und weggeworfen wird und nach der nichts mehr kommt. So oft wurde das Ende einer Zivilisation angekündigt – nach der es keinerlei Neubeginn gab. Zumindest nicht für mich, für uns. Die Wahrheit des Unbehagens und des Untergangs – auch des unsrigen. Es ist größenwahnsinnig, so zu tun, als lebte man. Doch, die Küstenstraße hoch über dem Meer, das sich plötzlich hinter Sistiana öffnet … ein bezauberndes Versprechen, das nicht eingehalten wird. Wenn wir Toten erwachen. Genügt irgendein Film, um das begreiflich zu machen?

Ihr Leben, angehalten in jener damaligen Zeit, wie wenn man einen Film anhält und die Bilder stillstehen, ein Lächeln, erstarrt auf einem schönen Mund, ein eingefrorener Blick. Nur sie, denkt er, während er immer noch im Drehbuch liest, scheint sich in einem anderen Raum zu bewegen. Nur sie, die Fremde, die dann weggehen würde, nach Wien, Mailand, Berlin oder sonst wohin, hatte eine Zukunft. Sie drei hingegen waren bereits vergangen, hatten ihr Leben verbrannt in der Erwartung des Lebens und bei dessen Vorbereitung, bevor es überhaupt begann. Nicht das Rot der Morgendämmerung, nein, das des Abends. Vergebt mir, vergebt auch uns, dass es Abend geworden ist. Der junge Mann von damals, er, ich, steckengeblieben in einem Film, der angehalten wurde – ein unfertiges Bild, festgehalten am Rand eines letzten Blatts oder eines letzten Fotogramms, wie in jenen Alpträumen, in denen man wie festgewurzelt am Boden steht, wegrennen möchte, aber nicht kann. Und sie … im Grunde beneidet er sie nicht. Weggehen, flüchten genügt wahrscheinlich nicht. Es ist nicht sicher, ob ihr freies, konkretes Schicksal glücklicher gewesen ist als das papierene Schicksal von ihnen dreien. Das Papier wirft Falten, in denen man Zuflucht finden kann, Eselsohren, zu klein, um sich dahinter zu verstecken, doch angenehm zu berühren, zerknüllt, wie sie sind. Alles in allem ist es besser, sich im Café aufzuhalten als in der Geschichte.

Er hat nichts dagegen, in der Unwirklichkeit zu leben. Auch im Drehbuch gibt es Triest nicht; es fehlt jeglicher Hintergrund, jeder Überblick über die Stadt, nur ein Stück Dach wird angedeutet, das Profil einer klassizistischen Statue vor dem Himmel, ein Ausschnitt vom Meer hinter einem Kopf im Vordergrund, das Innere hinter einer Haustür im Jugendstil. Der Regisseur hat ihm erklärt, dass es am Geldmangel liegt: Das Fernsehen ist nicht die Paramount, um die Autos wegzuschaffen und dafür zu sorgen, dass die Straßen mehr oder weniger so aussehen wie vor dem Großen Krieg, braucht man unglaublich hohe Summen, und der Regisseur hat aus der Not eine Tugend gemacht und ein paar Fragmente gefilmt, die das Triest von damals evozieren, andeuten, ahnen lassen. Daraus entsteht das Bild einer wunderschönen Stadt, die es nicht gibt und in der er gern lebt. Überblendung. Das hat ihn das Kino gelehrt. Ein schöner Abschluss, die Überblendung, er wird es sich erlauben, das dem Regisseur vorzuschlagen. Auch ein schöner Abschluss unseres Lebens, meines Lebens.

Aber er hat auch gern bei den Dreharbeiten zugesehen und die Szenen vor dem Schnitt angeschaut. Dabei wird immer gelogen, denn es wird geordnet, was nicht geordnet werden kann – oder darf? Die Jahre, die Minuten, die Geschichten, die Regentropfen, das Brechen einer Welle, die glatte und die welke Haut. Papier oder Zelluloid, da gibt es keinen großen Unterschied. Hinsehen, das gefällt ihm, doch es genügt ihm nicht. Ja, ihre grünen Augen, ihre Brüste – von allen beiden, der einen, die nichts von der anderen weiß, und der anderen, die fast nichts von ihr weiß, nur eine Rolle spielen kann. Ja, er wird sich gern den Film anschauen, wenn er fertig ist; die Bilder, die Farben. Doch schauen, bloß schauen, das ist ein bisschen wenig. Berühren, betasten, riechen … Wie roch sie damals, als sie verschwitzt die Felsen hinaufkletterte, ihr Hals nah an meinem Gesicht … Ich weiß nicht, ich erinnere mich nicht, die Gerüche haben ein kurzes Leben. Der Geruch von Magda, der Schauspielerin, zwischen dem Fluss und den Felsen der Val Rosandra, der ist immer noch da, ich habe ihn auf meinem Gesicht gespürt … Das ist nicht möglich, er weiß es, es gibt keine Erinnerung an Gerüche, es ist nur die kümmerliche Erregung eines alten Mannes, und warum sollte man sich dafür schämen? Und wenn, trotz des Alters … Freilich werden meine Enkel diese Fotos finden … und auch diese Gedichte in der Schublade. Nicht so schlimm, auch sie sind groß genug, um zu wissen, wie es zugeht in der Welt, und diese Gedichte hätten nur die Lehrer von damals schockieren können, heute schreiben die jungen Leute bestimmt viel Schlimmeres. Ob auch meine Enkel, weiß ich nicht, aber … und diese Gedichte … ziemlich hässlich, ich weiß, obwohl … auch die Fotos im Grunde … jedenfalls sollte man generell nichts erfahren. Man darf nie alles erfahren über einen, der aus dem Leben geschieden ist … Die Filmleinwand hat keinen Geruch, ist auch besser so, vor allem bei den Bildern, die sie neben jenem anderen zeigen, dem da, der ich sein müsste. Ehrlich gesagt, bin ich, war ich besser. Er aber bewegt sich, steigt hinauf, steigt hinab und wieder jene Felsen hinauf, fasst Magda um die Taille …

Die Dreharbeiten sind beendet. So schnell, denkt er. »Für den Produzenten«, hat der Regisseur zu ihm gesagt, »ist jeder zusätzliche Tag eine Einbuße.« Ein Team, selbst die Statisten, die kein einziges Wort sagen, kann nur für eine Woche engagiert werden, folglich muss man es kurz machen. Es kurz machen, das ist das Beste, in jedem Fall. Doch er möchte sehen, wie sich auf der Leinwand die Szene ausnimmt, die schon Monate zuvor, im Winter, auf dem kleinen, dem winzigen See von Percedol auf dem Karst gedreht wurde. Die Eiseskälte an jenem frostigen Tag, weiß und blau am späten Nachmittag, fast schon Abend, so wie damals. Sie saust in einem roten Pullover über das Eis, streift die Kiefernzweige an den Rändern der Mulde; sie flieht und kehrt zurück, reicht erst dem einen, dann dem anderen der drei die Hand, entzieht sich ihren Fingern, kann schon jetzt nicht mehr eingeholt werden von ihnen, die unbeholfen und schwerfällig auf dem rutschigen Gelände hin- und herschwanken. Sie ist ganz nah und doch fern, wie schön wäre es, tanzen, richtig tanzen zu können. Es wird immer dunkler, die zierliche dunkelrote Gestalt zwischen den tiefgrünen Zweigen der Kiefern, die sich über die vereiste kleine Piste neigen, der abendliche Schnee ist blau, von einem Blau, das immer dunkler wird; von dem vereisten Gelände steigt ein leichter Dunst auf, von den Zweigen fällt ein bisschen Schnee in den Abend. Ja, wie gern wäre er auf dem inzwischen dunkelblauen Eis Schlittschuh gelaufen, wie gern hätte er darauf getanzt, wie viel lieber noch würde er es heute tun, mit ihr, die auf jenem Eis ihre Kreise zieht. Küsst man sich echt, hat er sie in der kleinen Wirtschaft gefragt, wo sie zum Aufwärmen einen Glühwein getrunken haben, wenn man eine Liebesszene spielt? »Und Sie beide, haben Sie sich damals wirklich geküsst?«, hat die Schauspielerin geantwortet. Er versuchte nicht so sehr, sich daran zu erinnern, alles war so vage, so undeutlich wie der bläuliche Schnee an jenem Abend, sondern wollte verstehen, was er hätte sagen sollen. »Das ist kein Problem, weder am Set noch irgendwo anders«, sagte sie zu ihm und gab ihm einen flüchtigen Kuss auf den Mund, nur auf die Lippen. Nicht dass … aber …

INHALT